U0543182

THE FIFTIES:
AN ANTHOLOGY OF
FIVE POETS

50年代

五人诗选

于坚
王小妮
梁平
欧阳江河
李琦
著

南方出版传媒
花城出版社
中国·广州

图书在版编目（CIP）数据

50年代：五人诗选 / 于坚等著. -- 广州：花城出版社，2018.12
ISBN 978-7-5360-8787-3

Ⅰ. ①5… Ⅱ. ①于… Ⅲ. ①诗集－中国－当代 Ⅳ. ①I227

中国版本图书馆CIP数据核字(2018)第268323号

出 版 人：詹秀敏
策划编辑：程士庆
责任编辑：李　谓　安　然
技术编辑：凌春梅
封面设计：礼孩书衣坊　LI HAI BOOKSTORE
　　　　　bookd@163.net

书　　名	50年代：五人诗选
	50 NIAN DAI: WU REN SHI XUAN
出版发行	花城出版社
	（广州市环市东路水荫路11号）
经　　销	全国新华书店
印　　刷	恒美印务（广州）有限公司
	（广州南沙经济技术开发区环市大道南路334号）
开　　本	880毫米×1230毫米　32开
印　　张	9.25　2插页
字　　数	230,000字
版　　次	2018年12月第1版　2018年12月第1次印刷
定　　价	56.00元

如发现印装质量问题，请直接与印刷厂联系调换。
购书热线：020-37604658　37602954
花城出版社网站：http://www.fcph.com.cn

序　言

罗振亚

拿到《50年代：五人诗选》的样稿时，脑海里瞬间闪现出几本与之相关的书的信息：1986年12月，北岛、舒婷、顾城、江河和杨炼的诗歌合集《五人诗选》，由作家出版社出版；2017年3月，雷平阳、陈先发、李少君、潘维和古马的代表作结集《五人诗选》，由华东师范大学出版社出版，内收杨庆祥先生序言；2017年7月，臧棣、张执浩、雷平阳、余怒和陈先发的精选作品集《新五人诗选》，由花城出版社出版，前有洪子诚先生序言。第一本堪称朦胧诗的流派诗选，流布甚广，第二本、第三本皆可视为20世纪60年代出生诗人诗选，反应不错，如果

50年代：五人诗选
The Fifties: An Anthology of Five Poets

按当下时髦的代际划分原则，《50年代：五人诗选》自然也属于以出生年代为基准的诗选。

那么，为什么每本都只从所属时段灿若群星的诗人中，抽取出五人的"面孔"，令他们亮相？这在某种程度上是否可以说是一种冒险的行为？为什么偏偏是五人？每个时段"胜出"的何以是此五人而非彼五人？面临诸多可能出现的质疑与拷问，首先必须申明，以上诗集的编选不论是为了对历史进行必要的清理，还是出于提供"范式"意义的建构诗坛秩序的企望，抑或是要在诗歌史视野上展示诗人的创作实绩，均非哗众取宠，以吸引读者的眼球；相反都是希求通过这样一种方式，确立当代诗歌自己的经典，即源于诗歌经典化的深细考虑的具体尝试。

一个时代诗歌繁荣与否的标志是看其有没有相对稳定的偶像时期和天才代表，如果回答是肯定的，那个时代的诗歌就是繁荣的，如果缺少偶像和天才的"太阳"，即便诗坛再怎样群星闪烁，恐怕也会显得苍白无力。事实上，整个人类诗歌的辉煌历史，归根结底就是靠重要的诗人和诗作连缀、织就而成；因此，无论在任何时代，经典的筛选和确立对诗歌的创作及繁荣都是至关重要的。说到经典，窃以为虽然经典的确立标准姚黄魏紫、仁智各见，同时经典又具有一定的相对性与流动性，在不同的时代和读者那里会有不同的经典，所以罗兰·巴特认为历史叙述有时就是想象力的产物，在诗歌史的书写中，主体的意识和判断在经典的建构方面自然会有所渗透或彰显；但是能够介入现实良心、产生轰动效应，或者影响了当时的写作方向和风气，可以被视为那个时代诗坛的拳头作品者即是经典，而他们的创作主体即为经典诗人。

20世纪50年代出生的诗人群体阵势壮观,除却朦胧诗、第三代诗的一些优秀者之外,还有张曙光、郁葱、刘立云、汤养宗、大解、李松涛等一大批写作者,他们以各自独特的个人化方式,成就了新时期以来创作的中坚力量。就是《50年代:五人诗选》的五位作者仍可谓千秋并举,各臻其态。

于坚,20世纪70年代初开始写诗,从80年代的红土高原诗写作,中经"第三代诗歌"和边缘化的90年代,一直到21世纪诗歌,他始终置身于诗歌创作的潮头,并在持续写作中加深了和诗歌的精神联系。

1986年,于坚的成名作《尚义街六号》面世。边缘立场和低调写作姿态,使他不愿像朦胧诗那样进行英雄式的歌唱,《远方的朋友》《罗家生》等诗,的确多以普通人视角关注日常生活和世俗生命真相,传递"此岸"人生况味。《尚义街六号》更氤氲着浓郁的生活气息,普通百姓的吃喝拉撒,粗鄙而亲切地凸显出来,形下生活场景和形上精神追求统一,恢复了凡俗的生命意识和存在状态,令人觉得一切事物均可入诗,诗即生活,生活即诗。于坚对日常生活的倚重,无意间让一些庸俗芜杂因子混入诗中,但赋予了诗歌以宽阔的言说视野和下沉的力量。

于坚的日常主义诗学不乏对抗性写作痕迹;90年代后他为语言去蔽、澄明事物的努力,则走向了世界本源的呈现与敞开。《对一只乌鸦的命名》《一枚穿过天空的钉子》等诗仍在琐碎庸常题材领域逡巡,只是已把调整语言与存在的关系作重头戏,并由此使书写成为对附着在事物之上的历史文化积淀的清洗。如《对一只乌鸦的命名》还原事物的倾向极为显豁。乌鸦一直被视为丑陋、不祥之"鸟",诗的目的是为之正名。诗人看来乌鸦无

"祥"与"不祥"之说，更和"黑暗势力"无关，是一代代"语言的老茧"通过民俗、历史、社会等途径把它象征、隐喻化，使其背负上莫须有的恶名。在于坚笔下乌鸦已抖掉象征、隐喻、臆想的尘埃，从形到质地被恢复为乌鸦自身。因为于坚把写诗目的定位于世界的澄明，而世上事物都是平等的，彼此间没高低贵贱、对错良恶之分；所以在他眼中"一切皆诗"，都应给予观照。他对澄明事物、世界和日常生活的努力，做到了拒绝升华，随性自然，为诗歌创作注入了平凡的活力。

于坚少时注射链霉素过量导致的失聪，和初中毕业在铆焊车间上班的工种对眼睛的特殊需要，决定他把握世界的方式主要是看，诗也因之很少涉足未知、臆想领域，出现了许多不同于诗歌的"非诗"因素，即和小说、戏剧乃至散文文体较近、能够"看得见"的一些叙事性特征。

一是大量物象、事象等事态因子介入，有一定的叙事长度和宽度。那十几首"事件"诗歌把这一倾向推向巅峰状态，它们或纵式流动，或横向铺排，叙事文学要素一应俱全。《事件·铺路》描写工人们铺路的场面与过程，从场景设置、细节刻画到人物动作安排、事件情节穿插，有新写实小说味道，散点透视的笔法也使劳动情境的叙述焕发着鲜活的诗性气息。它只是合理吸纳了其他文类的一些手段，其叙事仍是注意情绪、情趣渗透的诗性叙事。二是为降低对所见事物澄明、还原的干预程度，诗人进行"反诗"的冷抒情。一方面直接处理审美对象，以情感零度状态正视生活，如《下午 一位在阴影中走过的同事》将自我欲望几乎降低到没有的程度。"是什么就是什么"的写实，摒弃了个人主观的情感立场和价值判断，使世界以本来样子呈现，可在具象性的事态恢复中,却又透露出一股孤独和焦灼情绪。另一方面则以客观叙述做言说的主体方式,辅以第三人称、对话与独白等戏剧手段,强化非个人化效果,如《罗家生》以第三人称的"平视"角度,把一个善良人庸常的人生和死亡的悲剧诠释得淡泊平静,舒缓的叙述调式切合了人生的本相,寄寓了似淡实浓的人性悲悯。

于坚语言意识自觉,他在《从隐喻后退》一文中表明,诗是"语言的'在场',澄明",是语言创造了诗歌,而非诗歌创造了语言,优秀的诗应通过语言重新命名世界,让语言顺利地"出场"。朦胧诗语言精致含蓄却过于神秘典雅,能指与所指分离,唯有质感自由、富于创造性的口语才能达成诗与生命同构,故在80年代的诗中广泛使用口语。于坚口语的独特在于推崇语感,把语感提升为口语化诗歌的生命和美感来源,希望建构一种语言本体论意义上的语感诗学,有时甚至提倡语感即诗,为淡化、弱化语义,把很多文本像对待无标题音乐一样,不给出每首诗具体标题,而是编为《作品××号》。他很多诗中的语言一从唇舌之间吞吐而出,就自动俘获了诗人生命的感觉状态和生命节奏,带着超常的语感诗性。

随着写作深入和理论自觉,于坚发现要为世界去蔽,仅凭口语化、语感强调不够,于是在1992年提出更具冲击力的"拒绝隐喻"主张,并身体力行,企图回到语言的最初状态,清除语言尤其是隐喻的暴力,掀起了一场诗学革命。如《对一只乌鸦的命名》抛开意象、象征思维路线,消除乌鸦的文化积淀,使乌鸦穿越厚厚的偏见屏障,还原为名词乌鸦的自身。当然,从诗中完全剔除隐喻根本不可能,于坚后来的《罗家生》尚有隐喻,90年代的长诗《0档案》《飞行》也不乏象征与隐喻的光影浮动。所以他在提出"拒绝隐喻"两年后写下名为"从隐喻后退"的文章,将主张修整得更为严密和科学了。

从吉林成长起来的王小妮,20世纪80年代初就以《我感到了阳光》《风在响》等诗,对瞬间的眩晕感和北方农人坚韧性格的纯净描述,在当时隐约蕴藉的时尚外别开新花。尔后,一直视诗歌为灵魂栖息的净土,抗拒现实对人物化的精神家园,并且历久弥坚,越写越好。

80年代中后期,王小妮即确立了个人化写作立场,"只为自己的心情去做一个诗人"。在商品经济大潮冲击的语境下,曾搁笔五年。到1993年重出江湖时,方向感更强。她认为诗人和普通人没根本区别,把自己定位为家庭主妇和木匠一样的制作者,先是妻子母亲,做完家务才坐在桌前"写字",这样就协调好了诗与生活的关系,在琐屑里仍能固守诗心。她以为诗意就待在你觉得最没诗意的地方;所以能在形下的物质表象里发掘被遮蔽的诗意,如看到熟视无睹的土豆,她"高兴成了一个／头脑发热的东北人"(《看到土豆》),如面对亲戚、邻居、熟人一般亲切,卸去冷静伪装后的心态流露,再现出诗人悲喜交加的复合情愫。王小妮为日常生活甚至一些无关紧要的事物动心,书写自己的生命状态和世俗感受,审视现代人之间的冷漠隔膜,人对环境自然的背反,以及她对万物的体恤和尊重、对世界的理解。

只为自己的心情做一个诗人的选择,无意中暗合了内视点的诗歌艺术实质,把诗从职业化的困境中解放的同时,又和朦胧诗的使命感、崇高意识划开了界限,并成为王小妮出离、超越朦胧诗的关键。她的超拔之处在于,其个人的日常性感觉和体验总能暗合人类经验的深层律动，上升为对人类的大悲悯和终极关怀，对人类生存境遇的洞穿。如《不要帮我，让我自己乱》中无可奈何的"烦"心理，是诗人瞬间的感觉，更契合了现代人渗透骨髓的普遍的空虚和绝望心理。王小妮的诗没有像某些女性主义诗歌和70后、80后诗歌那样，迷失于个人琐屑、官感沉醉或语词游戏，而能完成对现实、历史和命运的感悟，道出时代精神内伤的疼痛和自我灵魂的反思。

海德格尔等人提出诗的本质是对事物的敞开和澄明。王小妮诗歌完成的就是一件还原与去蔽的工作。80年代后期，她渐近禅境，生活方式简单自然，思想沉静，去除了功利之心，荣誉、地位、金钱乃至死亡都被看淡；能对一切事物"远观"。同时，出于对装腔作势的反感，某种程度上拒绝修辞，很少执意究明对象之外的象征意义和对象的形上内涵。由于诗人运用静观思维，在场主体的所感同所见之物、之事遇合，在空间上就使"物"的状态和片段澄明通透，有很高的能见度。她惯用"我看见"的写法，《我爱看香烟排列的形状》《我看不见自己的光》《我看见大风雪》……《等巴士的人们》中"物"和"心"的能见度更高，细节、碎片、局部的剪贴，伴着诗人随意而不无宗教色彩的猜想转换，触及了诗人神秘、怪诞的无意识深层，折射着生活和生命中某些复杂、辩证本质。王小妮有时在"物"的凝视中抒放情思，甚至与喜爱之"物"融合。王小妮诗歌"文化去蔽"带来的另一个特征是常致力于事态、过程的凸显，有一定的叙事品质。转向个人化写作后，为和烦琐平淡的日常生活呼应，她走上了反抒情道路，在文本中融入客观事态、心理细节等叙事因素，体现出一定的叙事长度和流动过程。如《看望朋友·我的退却》

被演绎为一组细节、一种行为、一段过程，若干具事的联络，使诗有某种小说化、戏剧化倾向。王小妮诗歌的许多日常书写言近旨远，隐含着人类生活的本质和独特的人性理解，理趣丰盈，只是它们没走哲学的分析道路，而以直觉化的"看"的方式表现出来。因为在直觉中，诗人可以透过事物的表层芜杂，进入本质的认知层面。王小妮诗歌在词与词、词与物、物与物的感性碰撞中，闪烁出了智慧火花。这种直觉的"看"之感知方式，貌似简单实则丰富锐利。

为消除诗和生命生活的"隔阂"，王小妮用素朴的语言对抗贵族性优雅，将口语化的路走到今天。《不认识的就不想再认识了》用最不端架子的语言，没有象征与隐喻等高难技巧，随意谈话式的语言不温不火；却在散淡中道出了灵魂的隐秘感受，和被理性遮蔽的无意识状态。其口语化的动人之处一是能在出色语感的驱动下迅疾地明心见性，"直指人心"。《到乡下去》中人和语言相互砥砺，渗透合为一体，作者灵魂里喷发出来的才情，使语言固有的因素获得了对事物直接抵达的能量。二是借助各种艺术手段，运用口语却常出人意料，造成陌生化、多义性效果。"我从没遇到/大过拇指甲的智慧"（《清晨》），将关系距离很远的比喻两造本体和喻体硬性拷合，间以通感和虚实交错，陌生简约，反常而合道。三是充满丰富、多元的语言美感，但无不随意赋形，意形相彰。如《与爸爸说话》前面朴素得如与爸爸说话，没有修饰，直露灵魂，爸爸病重后故作轻松，"你把阴沉了六十年的水泥医院/把它所有的楼层都逗笑了"。用语满溢生活气息，随意平常，却把父女间的深情表现得自然而深厚。

梁平20世纪80年代崛起于诗坛，而后一直痴心不改，至今仍在写作。他化解写或不写的中年困惑的功夫堪称一流。如此说，并无关他先后把四川的《星星》《草堂》两家诗刊经营得风生水起，气象万千，也不涉及他在诗江湖上豪侠仗义，交结四方，被公认为圈内"老大"；而是意指他能够以自觉沉潜的姿态，不为任何潮流和派别所左右、裹挟，并且凭借着对文本的过硬打磨，对诗歌修辞、肌理与想象方式更为专业的调试，进入了人生和艺术的成熟季节。

梁平诗歌具有宽阔的抒情视野，只要浏览一下目录铺就的意象小路，就会发现他是在用一颗心与整个世界"对话"。大到宇宙小至蝼蚁，远到幽幽苍天近至渺渺心河，世间所有的事物仿佛都被他驱遣于笔端，纳为主体情感渴望的抒发机缘点；只是梁平不愿去关注绝对、抽象之"在"，倒是喜欢以"心灵总态度"的融入和统摄，在日常生活与情趣的"及物"中建构自己的形象美学，这种诗意的感知和生成机制本身，就隐含着与读者心灵沟通的可能。如《青铜·蝉形带钩》书写的生活中常见的物象，已成武士悲壮生命力的象征，它凝聚着蓬勃鲜活的历史与文化信息，回望的视角使其既是记忆的恢复，又是想象的重构，煞是别致。

梁平的诗是"走心"的，抒情主体发现诗意、处理历史与现实关系时超常的能力，保证他面对的不论是宏阔遥远的历史遗迹，还是旖旎奇崛的自然风光，抑或琐屑平淡的日常事态，任何视阈和事物均可出入裕如，随心所欲，能够写历史题材却超越思古幽情的抒发层面，流贯现代性的经验因子，写现实题材却不黏滞于现实，而因自觉的历史意识渗入，最终抵达事物的本质；主体的深邃敏锐则又使作品中传递的诗意自有高度和深度，客观外物尽管看起来仍呈现着见山是山、见水是水的状态，实际上却被诗人悄然置换、晋升为"人化"的山水，于是巴蜀风情、川地山水和世道人心，就顺理成章地在诗人心灵孵化下爆发出盎然的诗趣。

如果说以往梁平善于做宏大叙事，诗性解读巴蜀文化的《重庆书》与《三星堆之门》等文本更不乏史诗倾向；近期的诗文化气息依然，情绪的喧哗还在，但以识见和经验见长、知性品格愈加明显。随着对诗歌本体认知的深化，梁平发现传统观念涵盖不了理性思考占较大比重的人类心理结构，至少到了冯至、穆旦等人那里，诗已成某种提纯和升华了的经验。这种理念同丰富的人生体验、超拔的直觉力遇合，使他写出的大量思考的诗就不时逸出生活、情绪以及感觉的层面，成为饱含某种理意内涵的思想顿悟。《刑警姜红》即进入了思想发现的场域，不无命运无常观念，姜红一表人才，长相英俊，业务精湛，却因涉黑成为阶下囚，在情感和感觉河流的淌动中，已有理性"石子"的闪光，对与错、善与恶、坦途与深渊常比邻而居，随时都有逆转的可能。"思"之品质和分量的强化，增加了诗意内涵的钙质，提升了现代诗的思维层次。可贵的是，梁平走了一条感性、悟性言情的非逻辑路线，在意象、事态的流转中自觉地渗透"思"。这样介于隐藏自我与表现自我间的诗歌状态，就有了一点隐显适度的含蓄味道。

以意象、象征、抒情本是梁平的拿手好戏。同时多年的诗歌实践使他清楚诗歌文体对"此在"经验的占用和复杂题材的驾驭，不如其他文体来得优越，所以养就了一种开放意识，在诗中关注对话、细节、事件、过程、场景等因素，将叙述作为维护诗和世界关系的基本手段，以缓解诗歌文体自身的压力。《邻居娟娟》就以白描手法凸显细节取胜，"摇晃的灯光，摇晃的酒瓶，/摇晃的人影摇晃的夜，/摇晃的酒店，/摇晃的床"。仅仅一个"摇晃"的细节，足以道出娟娟的职业、处境与内心的苦涩。叙事性文学手段的引入，在诗歌空间中释放出了浓厚的人间烟火气，又在无形中拓展了诗歌文体的情绪宽度和容量。梁平的幽默有趣在诗中也有深刻的烙印。如他处理任何题材，好像都从容淡定、举重若轻，这和他很多作品在丰厚的文化底蕴隐蔽下那种反讽、幽默的机智风格不无关联。如《白喜事》的叙述就很俏皮，结尾处"一大早出殡的队伍走成九条，/末尾的幺鸡，/还后悔最后一把，点了炮"。令人忍俊不禁，但它却把西南边地的丧葬风俗写得出神入化，惟妙惟肖。

在五位诗人中，欧阳江河具有难度的写作或许最不容易解读。他崇尚原创性的写作，以揭示词和物之间多向复杂的关联与人类的根本处境，其诗的内涵及传达亦令一些读者觉得朦胧晦涩，望而却步。

欧阳江河20世纪80年代初创作出的长诗《悬棺》，产生了一定影响。在"词语诗学"的统摄下，1988年前后创作的《汉英之间》《玻璃工厂》等作品，将语言系统中的"词"与现实生活中的"物"一同置入诗歌，形成某种不对等的差异性叙说，他是透过语词来感受时代历史的张力。90年代的主要作品有《傍晚穿过广场》《计划经济时代的爱情》《谁去谁留》等，它们把众多现实社会的物象援引入诗，现代感和反思意味并重，以词语的敲击力直抵时代的良知和知识分子精神的核心。进入21世纪以后推出的长诗《凤凰》，延续了诗人一贯的创作风格，以神话式的想象多层次、多维度地展示了人类的生存意识与生命质地，包蕴了众多社会、时代与历史的象征性隐喻，凸显了一幅后工业时代驳杂、畸形、无奈的精神图谱。

欧阳江河具有较为深厚的理论修养,90年代写出的《89后国内诗歌写作——本土气质、中年特征与知识分子身份》一文,堪称诗人诗学理论成熟的重要标志。文章对80年代末至90年代初诗坛的写作状态做了一种"转折性"的论述,一方面,他对90年代那种充满理想与激情的"青春期"写作进行无言的告别和抛弃,另一方面,表达了诗人在时代和写作的关系中体验到的断裂的精神阵痛,在"中年写作"的成熟中,探索90年代诗歌面临的困境和现实出路,诗人身份与政治权力、商业社会与精神启蒙的关系。联想诗人不同创作时段钟情的关键词玻璃工厂、广场、市场、凤凰等,不难发现欧阳江河是比较注意沟通诗和当下、时代等"大词"的关系的。只是用他自己的话说,他理解的当代不是物理的当代,而是想象的当代、语言的当代和叙述的当代,这种观念既宣显出他贴近、介入现实又超越现实的野心,也因其想象、叙述等艺术处理因子的添加,而使观照对象现实、时代产生变形,把握起来不再那么顺畅。如《玻璃工厂》好像是对日常经验的升华,但它从玻璃意象中发掘"水与火""液体与固体""生与死""虚构与真实"四组异质元素,进行反词修辞试验,简直就是玄学思想的演绎,没有一定阅读能力的人恐怕是无法体会到位的。诗人少有的书写小我之作《母亲,厨房》,仔细品味也仍然在我、母亲、大地之间游弋诗思,在迅疾开阔的时空转换下,怀念、感伤与歉疚兼具的情感隐忍而强烈。一切都在,母亲却"已无力打开",悖论式的情境愈见诗人的悲痛,母亲自然真实的厨房,也已经成为儿女的千山万水,质感却朦胧。

在早期的《手枪》一诗中,诗人写道:"而东西本身可以再拆/直到成为相反的向度/世界在无穷的拆字法中分离"，他认为一切事物都可拆卸，传统也不例外，进而提出诗歌的修辞不是在利用词与词之间的对立和相反的意义，而应该"从反词去理解词"的诗学主张，因此特别崇尚技术的打磨。再有在90年代的叙事性追求上，欧阳江河因海外的精神漫游，也将以前滔滔不绝的语词气势和雄辩性转向平淡无奇的个人叙述，如《感恩节》中此在瞬间感受的世俗化抚摸，就被一种机智的细节把握所包裹，每个句子显示的机敏的小思想或小思想在语词中的闪耀，充满快感。他那种带有反省和怀疑质地、对人类存在意义和悲剧内涵的持续思考，在王家新、肖开愚、翟永明等同代诗人的诗中都有一定的回响。

几乎所有的论者都注意到欧阳江河诗歌的诡辩之风，他们都看到了问题的根本。欧阳江河诗歌对抽象思维的张扬，对反传统艺术创新的标举，对玄学思辨趣味的追逐，将当代中国先锋诗歌推向了一个新的高度，功不可没。必须承认，诗人选择的是通往深刻福地的智慧之路，但同时也是游人稀少的荒僻之路，这是诗人的成就，也是诗人的局限。

李琦与缪斯结缘近四十年，很少间断又高峰迭起的写作，使她成了龙江诗空上一只"永远的青鸟"，并且其成功方式也与诗性高度一致，从不拉帮结伙，也不靠诗外功夫炒作，而以寂寞中的坚守，凭借文本一步步接近辉煌。她是女性，但女性诗无法涵盖她诗的特质；她在龙江，可龙江诗歌难以完全统摄她的艺术殊相。

李琦是从20世纪70年代中后期女性诗歌的艺术春天里起步的，最初诗的意象思维、以"我"观物的抒情视角和朦胧婉约的情调，均与当时的女性诗潮同声相应。及至80年代翟永明、伊蕾等极度强调女性角色的第三代女性主义诗人出场,替代舒婷一代的角色确证,李琦独立的个人化痕迹开始被凸显出来。她没有认同"躯体写作",而是对其实行一种有意识的间离。首先她仍高擎着顾惜人类精神、叩问救赎人类道德灵魂的旗帜。《白菊》写道,"从荣到枯/一生一句圣洁的遗言/一生一场精神的大雪",她许多作品都灌注着温柔于中、慈悲于里的终极关怀和人间大爱,让人感到一阵理想浪漫之风的拂动,一盏清明世界神灯的存在。其次李琦坚持心灵歌吟,始终抒写生活与生命中美好的一切,给人以信仰的支撑、希望的慰安。"这单纯之白,这静虚之境/让人百感交集/让人内疚"(《下雪的时候》),对自然之雪的凝视是在雕塑、追慕一种气质和精神,雪在与心的契合中已构成一种隐喻,那洁净清白、单纯静虚之物,在貌似下沉实为上升的灵魂舞蹈中,对人生有着清凉的暗示和启迪。再次李琦一直以本色的女人相自处,以平常心待人待物,心如止水,宽容大度,执着于母性情怀的抒放与绮丽柔婉风范的建设,女性味儿十足,这个特征在她大量写给母亲、女儿、爱人以及朋友的诗中充分表现。读到这样平淡却深情的句子,"我似乎只做了三件事情/把书念完、把孩子养大、把自己变老"(《这就是时光》)。谁的心不会被触动?李琦在不少女诗人雄性扩张、人性异化之时,守住了一片真的境界、美的艺术与善的灵魂交织的诗性天空,找到了自己在女性诗歌中的位置。

在黑龙江生长的李琦,从小就饱受当地历史人文、风俗民情熏陶,所以北方当然就成了她诗歌生存的背景,使她的诗歌在语言、意象与情境上有一定的"北大荒"味儿,但个人的写作方式与柔婉静凝的心理结构结合,又使她的诗不时逸出龙江诗歌的审美规范。它也与许多龙江诗一样起用黑土意象传达灵魂信息,却不迷醉于地域物象中,而从心灵化视点透视审美对象,从而达成地域与心灵的共振,走进地域的同时又走出地域。如《风雪之夜看窗外》,诗人观望中对芸芸众生的温情抚摸和灵魂遐想,跨越时空的人类之爱与怜悯令人动容,北方冬天的场景典型逼真,已经不仅仅是诗人情思的外化物,那种"由内至外"的以物写我、化物为我的思维方式,有着一种摆脱泥实的蕴藉气象。或者说李琦的诗超越了匍匐于黑土上的"兽"之状态,成了植根于土地又盘旋于青空里的"鹰"。同时,李琦的诗与龙江诗的心灵、现实表现者也有所不同。诗人也从感性接近诗,但她一直以为诗没直接行动的必要,所以从不过分贴近时代,追逐热点题材,而注意捕捉生活中具有超越、永恒色彩的诗意因素,如对爱的本质真谛、人与自然的关系、时间生命体验的凝眸体味,诗质相对纯粹,有一定的理趣。《读茨维塔耶娃》《我最喜欢的这只花瓶》《变老的时候》皆可作如是观。如"……这个/总说要当严父,又屡屡食言的人/他是你的父亲"(《这就是老了》),在平常的细节中寻找着人性的深度,在氤氲着生活气息的语言流淌中张扬爱的哲学神力,其不无某种情思"硬度"的执拗里,更见细腻与婉约,为冷峻的北中国增添了一抹瑰丽的暖色。

  李琦的诗历经几番磨砺之后,早已超越性别和地域的拘囿,进入相对成熟诗的境地。既有东方式欲言又止的含蓄姿容,又不乏现代诗清朗跳荡的深沉风韵;不似清晰可鉴的静水一潭,而透花月掩映、光色绰约的朦胧之美。它更像是向隅低诉的缕缕絮语,更像是友人间灯下促膝的娓娓交谈。或者说,它像诗的雪夜里的"风灯",温暖而明亮,如"精神的大雪",昭示着一种圣洁、美的和难以言说的神迹。

不难看出，五位诗人具有一些共同的特点：早年大致相似的生活与教育经历，青年时代饱受"崛起的诗群"和异域诗歌的洗礼，接着被商品经济大潮猛烈地冲击，渐进中年后面对果断搁笔还是继续写下去的噬心拷问，并且跨越了种种阻碍、三十多年坚守写作阵地，至今依旧持续不断。尤其是他们都能坚持诗歌内视点的本质，致力于文本的艺术打造，一直将创新作为崇尚的艺术生命线，留下了诸多优秀的作品。但是，他们和而不同，互相间的差异是巨大的，每人均有各自追求的个性的"太阳"，他们也正是以此昭示出20世纪50年代出生诗人写作的丰富与多元，和其他时段出生的诗人一道，支撑着诗坛健康互补的生态格局。

本来诗集是可以不用放序言的，这里已经饶舌太多，赶紧打住。还是请读者们慢慢端详50年代出生的这五张诗人"面孔"吧。

2018年8月于天津阳光100寓所

目 录
Contents

于坚 *001*

[创作谈] **诗领导生命** / *003*

011 河流 *012* 高山 *013* 我知道一种爱情……
015 作品第57号 *016* 避雨之树 *019* 我的女人是沉默的女人 *021* 尚义街六号 *025* 整个春天 *026* 坠落的声音 *027* 我一向不知道乌鸦在天空干些什么 *028* 青鸟 *029* 苹果的法则 *030* 在深夜 云南遥远的一角 *031* 有一回 我漫步林中…… *031* 怒江 *032* 对一只乌鸦的命名 *036* 只有大海苍茫如幕 *037* 夜歌 *037* 芳邻 *038* 我走这条 也抵达了落日和森林 *039* 云南点名 *041* 下午 一位在阴影中走过的同事 *042* 伊拉克 *043* 暴雨之前 *043* 一枚穿过天空的钉子 *044* 铁路附近的一堆油桶 *045* 事件：铺路 *047* 青瓷花瓶 *048* 大象

049 事件：翘起的地板　051 卡塔出它的石头　053 他是诗人　055 故乡

王小妮 057

[创作谈] 写诗几乎是不需要时间的 / 059

067 我感到了阳光　068 地头，有一双鞋　069 问候　071 诗人　072 那样想，然后这样想　074 爱情　076 一瓶雀巢咖啡，使我浪迹暗夜　077 不要帮我，让我自己乱　079 我爱看香烟排列的形状　081 晴朗漫长的下午怎么过　083 紧闭家门　085 不认识的就不想再认识了　086 等巴士的人们　088 清晨　089 看到土豆　091 徐敬亚睡了　092 11月里的割稻人　093 一块布的背叛　095 重新做一个诗人　097 那个人的目光　098 月光白得很　099 出门种葵花　101 西瓜的悲哀　102 喝点什么呢　103 有了信仰的羊　104 耕田的人　105 喜鹊只沿着河岸飞　106 到海里洗水牛

梁平 109

[创作谈] 关于诗歌，我的只言片语 / 111

117 说文解字：蜀 118 青铜·蝉形带钩 119 富兴堂书庄 120 巴蔓子 122 钓鱼城 123 磁器口 124 燕鲁公所 126 惜字宫 128 落虹桥 130 少城路 132 龙泉驿 134 纱帽街 136 草的市 137 红照壁 140 九眼桥 142 南京，南京 144 屋檐下的陌生人 146 白喜事 147 邻居娟娟 149 刑警姜红 151 北京是一个遥远的地方 152 沙发是我的另一张床 153 从天府广场穿堂而过 154 投名状 155 盲点 156 隔空 157 耳顺 158 在去阿姆斯特丹的飞机上 159 卢浮宫我没去见蒙娜丽莎 160 凯旋门的英雄主义稀释了 161 在巴黎圣母院听见了敲钟 162 成都与巴黎的时差

欧阳江河 163

[创作谈] 关于近期诗作的几点感想 / 165

171 汉英之间 174 玻璃工厂 177 哈姆雷特 179 去雅典的鞋子 180 谁去谁留 182 歌剧 184 母亲，厨房 185 暗想薇依 187 字非心象 189 致鲁米 191 抽烟

50年代：五人诗选

The Fifties: An Anthology of Five Poets

人的书　*194*　霍金花园　*195*　一夜肖邦　*197*　寂静　*198*　墨水瓶　*199*　星期日的钥匙　*200*　晚餐　*201*　电梯中　*203*　毕加索画牛　*204*　一分钟，天人老矣　*206*　舒伯特　*208*　纸房子　*211*　早起，血糖偏高　*213*　八大山人画鱼　*215*　老相册　*216*　开耳　*218*　汨罗屈子祠

李琦　*221*

[创作谈] **火柴与烛光 / *223***

229　白菊　*230*　我最喜欢的这只花瓶　*232*　特蕾莎修女　*233*　埙　*234*　我居住的地方　*236*　下雪的时候　*238*　兴凯湖畔看众鸟迁徙　*239*　山顶之风　*240*　诗人　*242*　读茨维塔耶娃　*243*　我对自己充满了同情　*245*　风雪之夜看窗外　*246*　青铜器　*247*　变老的时候　*249*　你是我最好的朋友　*250*　生活流程　*251*　这就是老了　*253*　这就是时光　*254*　霜花　*255*　被冻住的船　*257*　世界　*258*　我对自己充满了同情　*260*　和两位诗人参观犹太会馆　*261*　路过少年宫　*262*　喜鹊　*263*　在杜甫草堂　*264*　飞过天山　*266*　在这里，一切都是足够的　*267*　在敦煌看壁画　*269*　与牦牛相遇　*270*　邂逅　*271*　局限　*273*　茶卡盐湖

于坚

[创作谈]

诗领导生命

在人类历史的荒原上,鸿蒙时代,正是诗意的觉醒使人走出了黑暗。"诗者,志之所之也,在心为志,发言为诗,情动于中而形于言,言之不足,故嗟叹之;嗟叹之不足,故咏歌之;咏歌之不足,不知手之舞之足之蹈之也。"《毛诗序》这里描述的是一个祭坛,一个解放的时刻,生命被诗的祭坛照亮,在古老的荒野上团结起来,神接纳了人。

言之不足,故文之,这就是文明。

在20世纪,自由诗已经成为世界诗歌的主要趋势,不独中国。歌德所谓的世界文学的时代,我以为其基础正是诗人们对待语言的共同态度,博尔赫斯曾说:我认为所有诗体中,自由体是最难的……我觉得古典形式要容易些,因为它们向你提供一种格律。博尔赫斯说的难,在我看来,是因为诗在文明中的次宗教角色比过往更为凸显。在宗教全盛时代,诗人只是一些游吟骑士,歌谣要求利于传唱的韵律。在世界各地,诗人更乐于散播爱情。19世纪以降的情况不同,准宗教的权威日益降低。如今,大地危机四伏,旧世界分崩离析,往日浪漫主义的游吟成为无所不在的心痛,那些不言自明的真理越来越晦暗不明。诗人于是被历史推出,承担他们的第一使命。宗教是诗的第一使命,但是在准宗教之侧,诗总是有点自惭形秽,诗人忘记了,宗教正是起源于更古老的诗。诗一直拒绝确定性,而宗教对此坚定不移。但是,怀疑的时代到来了,确定的东西纷纷开裂,倒塌。世界的本质是诗性的,诗人必须向这一被遮蔽已久的真理告解。诗人不能再玩世不恭,他必须像羔羊那样献身于文明的祭坛。上帝死了,只有诗人这种古老的职业一直在更新着文明的原始魅力,诗必须承担在技术时代继续招魂的责任,诗人必须像屈原那样对那些古老的价值进行世俗的、在场的辩护,承担文明祭司的职责。

诗是信。对大地的信,对诸神的信,对人的信。仁者人也,孔子说。这就是信。孔子又说,不学诗,无以言。人而无信不知其可。这是诗的最高纲领。

语言起源自人对人的信任。信任的觉醒,仁才开始。"仁者人也。"

兴观群怨,兴在第一,只有信,才可以兴,才有立场,才能团结、沟通,才能思,生发意义、评判是非。这是诗性的世界观。

诗可群。诗保持着古老的亲近，这种亲近乃是语言的根基，语言的诞生也是群的需要，群就是团结、共享、沟通。诗通过语言照亮生命的黑暗，召唤诸神出场，生命团结起来，充实之谓美，美好，向善。修辞立其诚，诗教，也许在世界诗人那里还没有像中国这样成为文明的共识，但19世纪以降的世界诗歌，无论歌德、兰波、狄金森、惠特曼、阿赫玛托娃……的诗歌中无不显示出比教堂唱诗班更亲和的教化倾向。尼采一再宣扬某种"艺术形而上"，呼吁以诗（艺术）解放生命，这在20世纪初导致了浪漫主义、象征派、表现主义、阿克梅派、"垮掉的一代"……在20世纪，可以说，正是诗在工业社会掀起了反抗异化、拜物教的风暴。诗再次像宗教诞生前的远古那样，领导着生命。

自由诗在世界范围的兴起，乃是诸文明对日益僵化、律化的文明史的反省。子曰，"不学诗，无以言"。又说，"小子，何莫学夫诗？诗可以兴，可以观，可以群，可以怨；迩之事父，远之事君；多识于鸟兽草木之名"。兴、观、群、怨、迩、远、多识，孔子说出了诗的宗教性质。中国文明独有的诗教，是一种语言教。就是一所教堂，不也是在做这些吗？无非，兴，赞美，在基督教中，首先献给上帝，其次才是人。在诗教中，道法自然，献给大地人生。语言解释了世界，为存在给出意义，语言也观念化着世界。"修辞立其诚""文质彬彬"。文得过度会遮蔽诚。一旦语言成为观念的容器，生命就是失真，僵硬，不美，必须再次解放，修辞立其诚。这是生命的潮汐，它总是在不诚之际呼救，语言革命于是发生。为什么要写诗，诗显然不是巧言令色的修辞学，诗像宗教那样，要招魂，要团结，立其诚，充实之谓美。

大地、世界、人生本来就是诗意的，诗意是先验的。没有语言它们也存在于诗意中。这种元诗被隐匿在自然中，语言敞开诗意。语言最初是以声音的形式存在的。

祖先看见世界，惊叹，发出声音，兴起。中国的祖先被大地感动，而不是怀疑它。这时候文明处于黎明前的黑暗里，文还没有到来。

文还没有出现，声音是乱的，声音召唤诗意，但也召唤鬼魅。在中国文化中，音，一直与乱有关。乱世，就是声音喧嚣。

部落中的巫师是召唤诗意的司仪。他的声音比一般人更有魅力。这种场景我曾经在云南少数民族的部落里目睹。神灵就是诗意。诗意是无。无并不是虚无，而是与有对应的，有无相生，知白守黑。诗意、心灵、意义是黑暗的，通过声音它被明亮起来，所以，在汉语里，获得智慧就是聪明。巫师召唤诗意，令部落安心。屈原就是巫师。

文明到来，诗意被文字记录，文字的诗开始。

文章为天地立心，为什么是立而不是创造呢？因为诗先于经验存在着，祖先们感觉得到。需要有某种符号将它去蔽，立就是去蔽。

诗与宗教有关。都是安心安魂的，但宗教是创造普世的偶像，规定各种教义，要求皈依，唯我独尊。

诗的宗教性却是诗人个人创造的，这种宗教性不是教义，而是感受，创造一个个语言的场，召唤无明的心灵经验，为灵魂创造语言的在场。

诗召唤灵魂出场，像宗教那样蛊惑人心，却不专制，唯我独尊。

每个诗人在语言面前都是上帝。这个上帝不是横空出世的开天辟地者，而是对语言致敬。

诗是向语言致敬。道法自然，自然才是造物主。

诗是一种做作，因此它必须时时刻刻道法自然。

有普遍经验，也有个人经验，个人经验是出发点，诗止于至善。至善是世界运动的普遍渴望。求恶的世界运动从来没有发生过。诗是一种善。

可以在一部小说不在场的情况下描述一部小说。情节、人物、主题……但我们无法描述一首诗。一定对诗要说出一个定义是不可能的，诗的定义并不存在，它总是在我们企图说出的时候溜走了。中国古代几千年的诗话，从来没有回答过这个问题。这个问题是无法回答的，所有自以为是的回答最后都滑向诗如何在，做什么，而不是诗是什么。最著名的诗歌定义是孔子的"诗言志"，他的重要补充是："不学诗，无以言"，他没有说诗是什么，他说的是诗要如何，诗做什么。例如"言志""无邪"。

诗是无法转述的。

一首诗是一个场。诗就像某种自然之物，在关于它的命名中我们无法感觉、知晓它，我们说什么是诗的时候，我们必要进入一个诗的场。我们指着一首诗说，这就是诗。

谈论诗必须知行合一。我的意思是我们只能在路过一首诗的时候指着它说，这就是诗。就像指着一棵苹果树说，这就是苹果树一样。关于苹果树的一切描述都与苹果树无关，而且越精确距离苹果树越远。

其实谈论诗是什么，最终只有举出诗本身来回答。

一首诗是一座七级浮屠。

不如说诗如何在。诗直接形式就是分行，不讨论什么是抽象的诗的话，分行就是诗，或者误以为就是诗。分行，其实是诗的物质先验。世界产生的先验。

诗的现象还原就是分行。分行，出列。那几行被诗人从陈词滥调的乱麻中提出来，就光芒四射。

如何分行，是在诗句出列之前的黑暗事业。

诗是文明的产物。诗是文，不仅仅是声音。

诗人与巫师不同。巫师是在黑暗荒野中召唤。诗人是在雅的历史中召唤，方向不一样，巫师向着文明，诗人却重返荒野。

文雅。文而雅，雅而驯。雅是什么？正确、规范、美、高尚、极致。尼采、福柯都以为"理性就是酷刑"。如果理性是西方的酷刑的话，那么雅就是中国的理性，雅是文的结果，文是动词也是名词，文是动词的时候，它是活力之源；文是名词的时候，它是规范。文是文明史的非历史阶段、先锋、创造。雅是文明史的理性化、历史化。雅驯，令宋以后的文日渐式微，小气，丧失了生命力。"五四"新文化运动可以看成一场对"雅"的革命。但"文革"不仅摧毁了雅，而且摧毁了文，中国重新回到文以前的野蛮时代，只有被遮蔽在黑暗中的诗意，没有诗。

诗就是那些可以蛊惑人心的语词。当你被蛊惑的时候，你就进入了一首诗。那些语词经过诗人的组合，具有返魅的力量。

狄金森说:"它令我全身冰冷,连火焰也无法使我温暖。我知道那就是诗。假如我肉体上感到天灵盖被掀去,我知道那就是诗。"说得好,诗是一种可以唤起感觉,令人心动并体验到的语言。

诗是一种语言的勾引。

读一首诗就是被击中,而不是被教育。

最高的诗是此在之诗。此在就是诗人的语言创造的场。最高的诗是将一切:道、经验、思想、思考、意义、感悟、直觉、情绪、事实、机智都导向一个"篇终接浑茫"的混沌之场,气象万千,在那里,读者通过语言而不是通常的行为获得返魅式的体验。在存在之诗中,语言召唤,是自在、自然、自为的。

诗是语言的解放,是对自由永不终结的追求,这是诗的原始使命。李白最伟大的时刻就是他的语言从律中解放出来的时刻,律重新成为李白之律。

新诗的诞生,是诗重返那个"手之足之舞之蹈之"的荒原祭坛。怎么都行,只要团结、招魂。"道在屎溺",重要的是道的彰显,而不是分行的模式。就像原始部落的祭祀,新诗的自由、即兴也在于一首诗就是一个场,一场语言的祭祀。祭祀是即兴的,它当然有基本的界定,比如聚集。这个聚集有许多的个体(碎片),将它们团结在一起的是场,这个场使这些清晰的语词碎片聚集团结起来,成为一种有意味的混沌。新诗最基本的界定是分行。但是,分行的长短、疏密、强弱、韵致、节奏则像蓝调那样是即兴的,服从着生命的内在韵律,它会有鼓点密集的时刻,有饱满的时刻,也有疲惫的时刻(这是为向下一个高潮过渡）。而这个场所生殖的意义也是不确定的，因为它不是观念的凝固，而是意境的生发，阴阳互补。

■ 于坚，1954年生于昆明，祖籍四川资阳南津驿。20岁开始写作，持续四十年。著有诗集、文集四十余种，摄影集一种，纪录片四部。包括《于坚集》四卷、《于坚随笔选》四卷，诗集《于坚的诗》《我述说你所见》《彼何人斯》，散文《印度记》《建水记》《昆明记》《众神之河》，摄影集《大象岩石档案》，纪录片《碧色车站》《故乡》等。曾获第14届《联合报》新诗奖、《创世纪》诗杂志四十年诗歌奖、鲁迅文学奖、朱自清散文奖、百花散文奖、2017年第15届华语文学传媒大奖年度杰出作家奖、2018年四川美术学院和《山花》杂志联合颁发的"山花虎溪诗人奖"等。德语版诗选集《0档案》获德国亚非拉文学作品推广协会主办的"感受世界"亚非拉优秀文学作品评选第一名、美国国家地理杂志全球摄影大赛华夏典藏金框奖。纪录片《碧色车站》入围阿姆斯特丹国际纪录片银狼奖单元（2004）。英语版诗集《便条集》入围美国BTBA最佳图书翻译奖（2011）、入围美国北卡罗来纳州文学奖（2012）。法语版长诗《小镇》入围2016年法国"发现者"诗歌奖。作品被翻译为俄语、英语、德语、意大利语、弗莱芒语、法语、丹麦语、瑞典语、亚美尼亚语、波兰语、斯洛文尼亚语、冰岛语、西班牙语、韩语、日语、印地语等。

河流

在我故乡的高山中有许多河流
它们在很深的峡谷中流过
它们很少看见天空
在那些河面上没有高扬的巨帆
也没有船歌引来大群的江鸥
要翻过千山万岭
你才听得见那河的声音
要乘着大树扎成的木筏
你才敢在那波涛上航行
有些地带永远没有人会知道
那里的自由只属于鹰
河水在雨季是粗暴的
高原的大风把巨石推下山谷
泥巴把河流染红
真像是大山流出来的血液
只有在宁静中
人才看见高原鼓起的血管
住在河两岸的人
也许永远都不会见面

但你走到我故乡的任何一个地方
都会听见人们谈论这些河
就像谈到他们的神

高山

高山把影子投向世界
最高大的男子也显得矮小
在高山中人必须诚实
人觉得他是在英雄们面前走过
他不讲话　他怕失去力量
诚实　就像一块乌黑的岩石
一只鹰　一棵尖叶子的幼树
这样你才能在高山中生存
在山顶上走
风暴　洪水和闪电
都是高山中不朽的力量
他们摧毁高山
高山也摧毁他们
他们创造高山
高山也创造他们
在高山上人是孤独的

只有平地上才挤满炊烟
在高山中要有水兵的耐性
波浪不会平静　港口不会出现
一摇一晃之间
你已登上峰顶
或者堕入深渊
一辈子也望不见地平线
要看得远　就得向高处攀登
但在山峰你看见的仍旧是山峰
无数更高的山峰
你沉默了　只好又往前去
目的地不明
在云南有许多普通的男女
一生中到过许多雄伟的山峰
最后又埋在那些石头中

我知道一种爱情……

我知道一种爱情
我出生的那个秋天就在这爱情中诞生
它也生下我的故乡和祖先
生下亚当和夏娃

生下那棵杨草果树和我未来的妻子
也生下空气　水　癌症
孤独感和快乐的眼泪
我不知道这爱情是什么
它不只存在于一个人的眼睛里
或者一处美丽的风景中
有些人时时感到它的存在
有些人一生也未曾感到过它
我曾经在某年的一天下午
远地传来的模糊的声音中
在一条山风吹响的阳光之河上
在一个雨夜的玻璃后面
在一本往昔的照片簿里
在一股从秋天的土地飘来的气味中
我曾经在一次越过横断山脉的旅途上
强烈地感受到这种爱情
每回都只是短暂的一瞬
它却使我一生都在燃烧

作品第57号

我和那些雄伟的山峰一起生活过许多年头
那些山峰之外是鹰的领空
它们使我和鹰更加接近
有一回我爬上岩石垒垒的山顶
发现故乡只是一缕细细的炊烟
无数高山在奥蓝的天底下汹涌
面对千山万谷　我一声大叫
想听自己的回音　但它被风吹灭
风吹过我　吹过千千万万山冈
太阳失色　鹰翻落　山不动
我颤抖着抓紧发青的岩石
就像一根被风刮弯的白草
后来黑夜降临
群峰像一群伟大的教父
使我沉默　沿着一条月光
我走下高山
我知道一条河流最深的所在
我知道一座高山最险峻的地方
我知道沉默的力量

那些山峰造就了我
那些青铜器般的山峰
使我永远对高处怀着一种
初恋的激情
使我永远喜欢默默地攀登
喜欢大气磅礴的风景
在没有山冈的地方
我也俯视着世界

避雨之树

寄身在一棵树下　躲避一场暴雨
它用一条手臂为我挡住水　为另外的人
从另一条路来的生人　挡住雨水
它像房顶一样自然地敞开　让人们进来
我们互不相识的　一齐紧贴着它的腹部
蚂蚁那样吸附着它苍青的皮肤　它的气味使我们安静
像草原上的小袋鼠那样　在皮囊中东张西望
注视着天色　担心着闪电　雷和洪水
在这棵树下我们逃避死亡　它稳若高山
那时候我听见雷子确进它的脑门　多么凶狠
那是黑人拳击手最后致命的一击

但我不惊慌　我知道它不会倒下　这是来自母亲怀中的经验
不会　它从不躲避大雷雨或斧子这类令我们恐惧的事物
它是树　是我们在一月份叫作春天的那种东西
是我们在十一月叫作柴火或乌鸦之巢的那种东西
它是水一类的东西　地上的水从不躲避天上的水
在夏季我们叫它伞　而在城里我们叫它风景
它是那种使我们永远感激信赖而无以报答的事物
我们甚至无法像报答母亲那样报答它　我们将比它先老
我们听到它在风中落叶的声音就热泪盈眶
我们不知道为什么爱它　这感情与生俱来
它不躲避斧子　也说不上它是在面对或等待这类遭遇
它不是一种哲学或宗教　当它的肉被切开
白色的浆液立即干掉　一千片美丽的叶子
像一千个少女的眼睛卷起　永远不再睁开
这死亡惨不忍睹　这死亡触目惊心
它并不关心天气　不关心斧子雷雨或者鸟儿这类的事物
它牢牢地抓住大地　抓住它的那一小片地盘
一天天渗入深处　它进入那最深的思想中
它琢磨那抓在它手心的东西　那些地层下面黑暗的部分
那些从树根上升到它生命中的东西
那是什么　使它显示出风的形状　让鸟儿们一万次飞走一万
　　次回来
那是什么　使它在春天令人激动　使它在秋天令人忧伤
那是什么　使它在死去之后　成为斧柄或者火焰
它不关心或者拒绝我们这些避雨的人
它不关心这首诗是否出自一个避雨者的灵感

它牢牢地抓住那片黑夜　　那深藏于地层下面的
那使得它的手掌永远无法捏拢的
我紧贴着它的腹部　　作为它的一只鸟　　等待着雨停时飞走
风暴大片大片地落下　　雨越来越瘦
透过它最粗的手臂我看见它的另外那些手臂
它像千手观音一样　　有那么多手臂
我看见蛇　　鼹鼠　　蚂蚁和鸟蛋这些面目各异的族类
都在一棵树上　　在一只袋鼠的腹中
在它的第二十一条手臂上我发现一串蝴蝶
它们像葡萄那样垂下　　绣在绿叶之旁
在更高处　　在靠近天空的部分
我看见两只鹰站在那里　　披着黑袍　　安静而谦虚
在所有树叶下面　　小虫子一排排地卧着
像战争年代　　人们在防空洞中　　等待警报解除
那时候全世界都逃向这棵树
它站在一万年后的那个地点　　稳若高山
雨停时我们弃它而去　　人们纷纷上路　　鸟儿回到天空
那时太阳从天上垂下　　把所有的阳光奉献给它
它并不躲避　　这棵亚热带丛林中的榕树
像一只美丽的孔雀　　周身闪着宝石似的水光

我的女人是沉默的女人

我的女人是沉默的女人
我们一起穿过太阳烤红的山地
来到大怒江边
这道乌黑的光在高山下吼
她背着我那夜在茅草堆上带给她的种子
一个黑屁股的男孩
怒江的涛声使人想犯罪
想爱　想哭　想树一样地勃起
男人渴望表现　女人需要依偎
我的女人是沉默的女人
她让我干男人在这怒江边所想干的一切
她让我大声吼　对着岩石鼓起肌肉
她让我紧紧抱　让我的胸膛把她烧成一条母蛇
她躺在岸上古铜色的大腿
丰满如树但很柔软
她闭了眼睛　不看我赤身裸体
她闭了眼睛比上帝的女人还美啊
那两只眼睛就像两片树叶
春天山里的桉树叶

我的女人是沉默的女人
从她的肉体我永远看不出她的心
她望着我　永远也不离开
永远也不走近
她有着狼那种灰色的表情
我的女人是沉默的女人
她像炊烟忠实于天空
一辈子忠实着一个男人
她总是在黎明或黄昏升起
敞开又关上我和她的家门
让我大碗喝酒　大块嚼肉
任我打　任我骂　她低着头
有时我趴在地上像一条狗舔她的围裙
她在夜里孤零零地守在黑暗中
听着我和乡村的荡妇们调情
我的女人是沉默的女人
从前我统治着一大群黑牛
上高山下深谷我是山大王
那一天我走下山冈
她望了我一眼　说
天黑了
我跟着她走了
从此我一千次一万次地逃跑
然后又悄悄地回来　失魂丧魄地回来
乌黑的怒江之光在高山上流去
我的女人是沉默的女人

尚义街六号

尚义街六号
法国式的黄房子
老吴的裤子晾在二楼
喊一声　胯下就钻出戴眼镜的脑袋
隔壁的大厕所
天天清早排着长队
我们往往在黄昏光临
打开烟盒　打开嘴巴
打开灯
墙上钉着于坚的画
许多人不以为然
他们只认识凡·高
老卡的衬衣　揉成一团抹布
我们用它拭手上的果汁
他在翻一本黄书
后来他恋爱了
常常双双来临
在这里吵架　在这里调情
有一天他们宣告分手

朋友们一阵轻松　很高兴
次日他又送来结婚的请柬
大家也衣冠楚楚　前去赴宴
桌上总是摊开朱小羊的手稿
那些字乱七八糟
这个杂种警察一样盯牢我们
面对那双红丝丝的眼睛
我们只好说得朦胧
李勃的拖鞋压着费嘉的皮鞋
他已经成名了　有一本蓝皮会员证
他常常躺在上边
告诉我们应当怎样穿鞋子
怎样小便　怎样洗短裤
怎样炒白菜　怎样睡觉　等等
八二年他从北京回来
外衣比过去深沉
他讲文坛内幕
口气像作协主席
茶水是老吴的　电表是老吴的
地板是老吴的　邻居是老吴的
媳妇是老吴的　胃舒平是老吴的
口痰烟头空气朋友　是老吴的
老吴的笔躲在抽屉里
很少露面
没有妓女的城市

童男子们老练地谈着女人
偶尔有裙子们进来
大家就扣好纽扣
那年纪我们都渴望钻进一条裙子
又不肯弯下腰去
于坚还没有成名
每回都被教训
在一张旧报纸上
他写下许多意味深长的笔名
有一人大家都很害怕
他在某某处工作
"他来是别有用心的，
我们什么也不要讲！"
有些日子天气不好
生活中经常倒霉
我们就攻击费嘉的近作
称朱小羊为大师
后来这只手摸摸钱包
支支吾吾　闪烁其词
八张嘴马上笑嘻嘻地站起
那是智慧的年代
许多谈话如果录音
可以出一本名著
那是热闹的年代
许多脸都在这里出现

今天你去城里问问
他们都大名鼎鼎
外面下着小雨
我们来到街上
空荡荡的大厕所
他第一回独自使用
一些人结婚了
一些人成名了
一些人要到西部
老吴也要去西部
大家骂他硬充汉子
心中惶惶不安
吴文光　你走了
今晚我去哪里混饭
恩恩怨怨　吵吵嚷嚷
大家终于走散
剩下一片空地板
像一张空唱片　再也不响
在别的地方
我们常常提到尚义街六号
说是很多年后的一天
孩子们要来参观

整个春天

整个春天我都等待着他们来叫我
我想他们会来叫我
整个春天我惴惴不安
谛听着屋外的动静
我听见风走动的声音
我听见花蕾打开的声音
一有异样的响动
我就跳起来找开房门
站在门口久久张望
我想他们会来叫我
母亲觉察我心绪不宁
温柔地望着我
我无法告诉她一些什么
只好接过她递给我的药片
我想他们会来叫我
这是春天　这是晴朗的日子
鸟群衔着天空在窗外涌动
我想他们会来叫我
直到风已经从树上离去

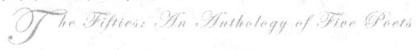

直到花儿已经被人摘走
直到有人敲响了我的房门
我才明白
我早已被他们出卖

坠落的声音

我听见那个声音的坠落　那个声音
从某个高处落下　垂直的　我听见它开始
以及结束在下面　在房间里的响声　我转过身去
我听出它是在我后面　我觉得它是在地板上
或者在地板和天花板之间　但那儿并没有什么松动
没有什么离开了位置　这在我预料之中　一切都是固定的
通过水泥　钉子　绳索　螺丝或者胶水
以及事物无法抗拒地向下　向下　被固定在地板上的桌子
向下　被固定在桌子上的书　向下　被固定在书页上的文字
但那在时间中　在十一点二十分坠落的是什么
那越过挂钟和藤皮靠椅向下跌去的是什么
它肯定也穿越了书架和书架顶上的那匹瓷马
我肯定它是从另一层楼的房间里下来的　我听见它穿越各种
　物件
光线　地毯　水泥板　石灰　沙和灯头　穿越木板和布

就像革命年代　秘密从一间囚房传到另一间囚房
这儿远离果园　远离石头和一切球体
现在不是雨季　也不是刮大风的春天
那是什么坠落　在十一点二十分和二十一分这段时间
我清楚地听到它容易被忽视地坠落
因为没有什么事物受到伤害　没有什么事件和这声音有关
它的坠落并没有像一块大玻璃那样四散开去
也没有像一块陨石震动四周
那声音　相当清晰　足以被耳朵听到
又不足以被描述　形容和比画　不足以被另一双耳朵证实
那是什么坠落了　这只和我有关的坠落
它停留在那儿　在我的身后　在空间和时间的某个部位

我一向不知道乌鸦在天空干些什么

我一向不知道乌鸦在天空干些什么　书上说它在飞翔
现在它还在飞翔吗　当天空下雨　黑夜降临
让它在云南西部的高山　引领着一群豹子走向洞穴吧
让这黑暗的鸟儿　像豹子一样目光炯炯　从岩石间穿过
我一向不知道乌鸦在天空干些什么
但今天我在我的书上说　乌鸦在言语

青鸟

一只鸟在我的阳台上避雨
青鸟　小小地跳着
一朵温柔的火焰
我打开窗子
希望它会飞进我的房间
说不清是什么念头
我撒些饭粒　还模仿着一种叫声
青鸟　看看我　又看看暴雨
雨越下越大　闪电湿淋淋地垂下
青鸟　突然飞去　朝着暴风雨消失
一阵寒战　似乎熄灭的不是那朵火焰
而是我

苹果的法则

一个苹果　出生于云南南方
在太阳　泉水　和少女们的手中间长大
根据永恒的法则被种植　培育
它永恒地长成球体　充满汁液
在红色的光辉中熟睡
神的第一个水果
神的最后一个水果
当它被摘下装进箩筐
少女们再次陷入怀孕的期待与绝望中
她们和土地都无法预测
下一回下一个秋天
坠落在箩筐中的果实
是否仍然来自神赐

在深夜 云南遥远的一角

在深夜 云南遥远的一角
黑暗中的国家公路 忽然被汽车的光
照亮 一只野兔或者松鼠
在雪地上仓皇而过 像是逃犯
越过了柏林墙 或者
停下来 张开红嘴巴 诡秘地一笑
长耳朵 像是刚刚长出来
内心灵光一闪 以为有些意思
可以借此说出 但总是无话
直到另一回 另一只兔子
在公路边 幽灵般地一晃
从此便没有下文

有一回　我漫步林中……

有一回　我漫步在林中
阴暗的树林　空无一人
突然　从高处落下几束阳光
几片金黄的树叶　掉在林中空地
停住不动　我感觉有一头美丽的小鹿
马上就会跑来　舔这些叶子
没有鹿　只有几片阳光　掉在林中空地
我忽然明白　那正是我此刻的心境
仿佛只要我一伸手
就能永远将它捕获

怒江

大怒江在帝国的月光边遁去
披着豹皮　黑暗之步避开了道路
它在高原上张望之后

选择了边地　外省　小国　和毒蝇
它从那些大河的旁边擦身而过
隔着高山　它听见它们在那儿被称为父亲
它远离那些隐喻　远离它们的深厚与辽阔
这条陌生的河流　在我们的诗歌之外
在水中　干着把石块打磨成沙粒的活计
在遥远的西部高原
它进入了土层或者树根

对一只乌鸦的命名

从看不见的某处
乌鸦用脚趾踢开秋天的云块
潜入我的眼睛上垂着风和光的天空
乌鸦的符号　黑夜修女熬制的硫酸
咝咝地洞穿鸟群的床垫
堕落在我内心的树枝
像少年时期在故乡的树顶征服鸦巢
我的手再也不能触摸秋天的风景
它爬上另一棵大树要把另一只乌鸦
从它的黑暗中掏出
乌鸦　在往昔是一种鸟肉　一堆毛和肠子

现在是叙述的愿望　说的冲动
也许是厄运当头的自我安慰
是对一片不祥阴影的逃脱
这种活计是看不见的　比童年
用最大胆的手伸进长满尖喙的黑穴　更难
当一只乌鸦栖留在我的内心的旷野
我要说的　不是它的象征　它的隐喻或神话
我要说的只是一只乌鸦　正像当年
我从未在一个鸦巢中抓出过一只鸽子
从童年到今天　我的双手已长满语言的老茧
但作为诗人　我还没有说过一只乌鸦

深谋远虑的年纪　精通各种灵感　辞格和韵脚
像写作之初　把笔整支地浸入墨水瓶
我想　对付这只乌鸦　词素　一开始就得黑透
皮　骨头和肉　血的走向以及
披露在天空的飞行　都要黑透
乌鸦　就是从黑透的开始飞向黑透的结局
黑透　就是从诞生就进入的孤独和偏见
进入无所不在的迫害和追捕
它不是鸟　它是乌鸦
充满恶意的世界　每一秒
都有一万个借口　以光明或美的名义
朝这个代表黑暗势力的活靶开枪
它不会因此逃到乌鸦以外

飞得高些　僭越鹰的座位
或者降得矮些　混迹于蚂蚁的海拔
天空的打洞者　它是它的黑洞穴　它的黑钻头
它只在它的高度　乌鸦的高度
驾驶着它的方位　它的时间　它的乘客
它是一只快乐的　大嘴巴的乌鸦
在它的外面　世界只是臆造
只是一只乌鸦无边无际的灵感
你们　辽阔的天空和大地　辽阔之外的辽阔
你们　于坚以及一代又一代的读者
都是一只乌鸦巢中的食物

我断定这只乌鸦　只消几十个单词就能说出
形容的结果它被说成是一只黑箱
可是我不知道谁拿着箱子的钥匙
我不知道是谁在构思一只乌鸦藏在黑暗中的密码
在第二次形容中它作为一位裹着绑腿的牧师出现
这位圣子正在天堂的大墙下面寻找入口
可我明白　乌鸦的居所　比牧师更挨近上帝
或许某一天它在教堂的尖顶上
已窥见过那位拿撒勒人的玉体
当我形容乌鸦是永恒黑夜饲养的天鹅
一群具体的鸟　闪着天鹅之光　正焕然飞过我身旁那片
明亮的沼泽　这事实立即让我丧失了对这个比喻的全部
信心　我把"落下"这个动词安在它翅膀之上

它却以一架飞机的风度"扶摇九天"
我对它说出"沉默"它却伫立于"无言"
我看见这只无法无天的巫鸟
在我头上的天空中牵引着一大群动词　乌鸦的动词
我说不出它们　我的舌头被这铆钉卡住
我看着它们在天空疾速上升　跳跃
下沉到阳光中　又聚拢在云之上
自由自在变化组合着乌鸦的各种图案

那日我像个空心的稻草人　站在空地
所有心思都浸淫在一只乌鸦中
我清楚地感觉到乌鸦　感觉到它黑暗的肉
黑暗的心　可我逃不出这个没有阳光的城堡
当它在飞翔　就是我在飞翔
我又如何能抵达乌鸦之外　把它捉住
那日　当我仰望苍天　所有的乌鸦都已黑透
餐尸的族　我早就该视而不见　在故乡的天空
我曾经一度捉住过它们　那时我多么天真
一嗅着那股死亡的臭味　我就惊惶地把手松开
对于天空　我早就该只瞩目于云雀　白鸽
我生来就了解并热爱这些美丽的天使
可是当那日我看见一只鸟
一只丑陋的有乌鸦的那种颜色的鸟
被天空灰色的绳子吊着
受难的双腿　像木偶那么绷直

斜搭在空气的坡上
围绕着某一中心　旋转着
巨大而虚无的圆圈
当那日我听见一串串不祥的叫喊
挂在看不见的某处
我就想　说点什么
以向世界表白　我并不害怕那些
看不见的声音

只有大海苍茫如幕

春天中我们在渤海上
说着诗　往事和其中的含义
云向北去　船往南开
有一条出现于落日的左侧
谁指了一下
转身去看时
只有大海满面黄昏
苍茫如幕

夜歌

风或是姑娘们
在黑夜里唱歌
看不出谁是谁啦
圆圆的　潮湿
丰满　修长
树林也跟着晃荡
看不出是桃树还是李树啦
它们唱的是另一支歌
唰唰　沙沙　嚓嚓　呵呵
海浪涌到了大地上

芳邻

房子还是这么矮
樱花树已长得高高
向着晴朗朗的蓝天

亮出一身活泼泼的花
就像那些清白人家
在闺房里养出了会刺绣的好媳妇
这是邻居家的树啊
听春风敲锣打鼓
正把花枝送向我的窗户

我走这条　也抵达了落日和森林

是的，正像弗洛斯特所见
前面有两条路　一条是泥土的
覆盖着落叶　另一条是柏油路面
黑黝黝　发出工业的亚光
据说这就意味着缺乏诗意
我走这条　也抵达了落日和森林

云南点名

向不朽的质量致敬　苏轼说　能者创世
智者述焉　明月登堂　照亮云南　摊开了大地的
点名簿　永恒的政治　不是指鹿为马的游戏
一行连着一行　西北　东南　北回归线附近
梅里雪山之巅　横断山脉两侧　白要贡献雪
咸要贡献盐巴　南方要贡献森林　西部要
贡献高山　东方要贡献小麦　北方要贡献冬天
腾冲那块要贡献翡翠　马龙地面要贡献土豆
纸产于昆明　铜来自东川　黑暗要贡献乌鸦
万物呵　是否还在履职？柏树要长高　响尾蛇
不要唱歌　石头不要说话　熊要冬眠　杧果
要跟着黄金　麋鹿要走向晚年　澜沧江　在
红河　在　大理州　在　建水城　在　南诏王
在　大理石　在　藕　在　喜鹊　在　梅花
在呢　燃灯寺　在　华宁窑　烧着呢　井……
填掉了　水倒在呢　高黎贡　在　麻栗坡　在
卡瓦格博　在　滇池……把那些推土机挪开
挨那些管子拔掉　我在呢！抚仙湖　在呢
玉溪　喏　普洱茶　在　床　稳着呢　宜良米

在呢　大象　诺　丘北辣椒　在呢　木匠　在呢
瓦　在呢　泸沽湖　到　西双版纳　在呢在呢
楚雄　在　藏族的……阿布思南　鲁若迪基　有
哥布　哎　傈僳族的阿达叶　嗯　刘昆生　嗯
宝珠梨　嗯　火把节　在　核桃　原在　石榴
原在　玛多　在呢　刚刚产下一个　男的　怒江
诺　喜洲　在　马过河　在　翡翠　原在　摩梭
在　老鹰　耳背的黑颈鹤听错了　也跟着答应
老黑山　在　鲁甸　在呢　狼　诺　黑颈鹤
在　豹子　在　蛇　在　茭白　韭黄　桃红
湖绿　天青　枫红　玉兰　在！点苍山……
歌舞团的首席男高音站起来　张嘴就唱　闷的！
（云南话——别叫）　莫乱　让它自己说　在呢！
群峰在黑暗里沉默着　缅茨姆峰的冰川亮了一下
光指着东竹林寺的金顶　算是回答　信仰的
种地呢　做工呢　盖房子呢　煮饭呢　收费的
写诗的　诺—诺—诺—诺—诺—　某某　某某
某某某　某某　报告狱长　到！初中生于果
睡在她妈妈的臂弯里　梦见一朵茶花叫它　哎
开了　高的高着　矮的矮着　飞的飞着　厚的
厚着　薄的　薄着　流的　流着　睡的　睡着
醒的　醒着　玩的　玩着　做的　做着　在呢
都在呢　都在呢　月光退位　除夕夜　气象局的
天气预报又错了　寒流自北向南　云南到齐了
万籁俱寂　高原白茫茫　放心　又是好年成
外祖母在青山中说

下午　一位在阴影中走过的同事

这天下午我在旧房间里读一封俄勒冈的来信
当我站在唯一的窗子前倒水时看见了他
这个黑发男子　我的同事　一份期刊的编辑
正从两幢白水泥和马牙石砌成的墙之间经过
他一生中的一个时辰　在下午三点和四点之间
阴影从晴朗的天空投下
把白色建筑剪成奇怪的两半
在它的一半里是报纸和文件柜　而另一半是寓所
这个男子当时就在那灰暗狭长的口子里
他在那儿移动了大约三步或者四步
他有些迟疑不决　皮鞋跟还拨响了什么
我注意到这个秃顶者毫无理由的踌躇
阳光　安静　充满和平的时间
这个穿着红衬衫的矮个子男人
匆匆走过两幢建筑物之间的阴影
手中的信，差点儿掉到地上
这次事件把他的一生向我移近了大约五秒
他不知道　我也从未提及

伊拉克

当西风吹过美索不达米亚破旧的平原
黑夜在星空下剃着死者的头发
有些村庄无人入梦　虚掩门扉
长老在等着　女人和孩子在等着
如果士兵们归来　他们会把发光的步枪搁在河滩
撸起袖子　捧起月光就喝　以为那就是家乡之水
他们忘记了幼发拉底河的支流总是捉摸不定
有时会忽然失踪　就像盲歌手荷马　只剩下眼眶
依据晚间新闻和中国古诗我虚构了这一幕
应该与现实差得不会太远

暴雨之前

在暴雨之前穿过小哨镇附近的荒野
脚步仓促　像两行来不及写通顺的字迹
我急着在被淋湿之前找到避雨之所
山冈安定　土地健康　草绿着　矢车菊转向暮色
仿佛在等我离开　好享受那天赐的豪宴

一枚穿过天空的钉子

一直为帽子所遮蔽　直到有一天
帽子腐烂　落下　它才从墙壁上凸出
那个多年之前　把它敲进墙壁的动作
似乎刚刚停止　微小而静止的金属
露在墙壁上的秃顶正穿过阳光
进入它从未具备的锋利
在那里　它不只穿过阳光
也穿过房间和它的天空

它从实在的　深的一面
用秃顶　向空的　浅的一面　刺进
这种进入和天空多么吻合
和简单的心多么吻合
一枚穿过天空的钉子
一位刚刚登基的君王
锋利　辽阔　光芒四射

铁路附近的一堆油桶

铁路附近的一堆油桶
堆积在铁道线旁　组成了一个表面
深褐色的大轮廓　与天空和地面清楚地区分
"周围"与"附近"　都成了背景
红色油漆的字母　似乎是无产者的手迹
A　B　X和M　像是些形而上的蜘蛛
代表着表面之后　内部的什么
看不见任何内部　火车途经此地
只是十多秒　目击一个表面的时间
在此之前　我的眼睛正像火车一样盲目
沿着固定的路线　向着已知的车站

后面的那一节　是闷罐子车厢
一群前往汉口的猪　与我同行
在京汉铁路干线的附近
我的视觉被某种表面挽救……
仿佛是历史上的某日　文森特·凡·高
抵达　阿尔附近的农场
我意识到那不过是一堆汽油桶
是在后来

事件：铺路

从铺好的马路上走过来　工人们推着工具车
大锤拖在地上走　铲子和丁字镐晃动在头上
所有的道路都已铺好　进入了城市
这里是最后一截坏路　像好地毯上的一条裂缝
威胁着脚　使散步和晨练这些动作感到担心
一切都要铺平　包括路以及它所派生的跌打
药酒　赤脚板　烂泥坑和陷塌这些旧词
都将被闪着柏油光芒的"平坦"和"整齐"所替代
这是好事情　按照图纸　工人们开始动手
挥动工具　精确测量　像铺设一条康庄大道那么

认真　道路高低凸凹　地质的状况很不一样
有些地段是玄武岩在防守　有些区域是水在闹事
有一处盘根错节　一棵老树三百年才撑起某个家族
推土机是个好东西　可以把一切都挖掉　弄平
高变低　凹填平　有些地方刚好处在图纸想象的尺度
也要挖上几下　弄松　这种平毕竟和设计的平不同
就这样　全面　彻底　确保质量的施工
死掉了三十万只蚂蚁　七十一只老鼠　一条蛇
搬掉各种硬度的石头　填掉口径不一的土洞
把石子　沙　水泥和柏油一一填上　然后
压路机像印刷一张报纸那样压过去　完工了
这就是道路　黑色的　像玻璃一样光滑
熟练的工程　从设计到施工　只干了六天
这是城市最后一次震耳欲聋的事件　此后
它成为传说　和那些大锤　丁字镐一道生锈
道路在第七天开始通行　心情愉快的城
平坦　安静　卫生　不再担心脚的落处

青瓷花瓶

烧掉那些热东西
火焰是为了冷却不朽事物
冰凉之色为瓷而生
一点青痕仿佛记忆尚存
感觉它是经历过沧桑的女子
敲一下　传来后庭之音
定型于最完美的风韵　不会再老了
天青色的脖颈宛如处子在凝视花之生命
内部是老妇人的黑房间
庭园深深几许
怎样的乱红令她在某个夏日砰然坠地却没有粉碎
已经空了些年
那么多夏季之后
我再也想不出还可以把什么花献给它
有一次我突然把它捧起来
察看底部
期望着那里出现古怪的文字
却流出一些水来

大象

高于大地　领导亚细亚之灰
披着袍　苍茫的国王站在西双版纳和老挝边缘
丛林的后盾　造物主为它造像
赐予悲剧之面　钻石藏在忧郁的眼帘下
牙齿装饰着半轮新月　皱褶里藏着古代的贝叶文
巨蹼沉重如铅印　察看着祖先的领土
铁证般的长鼻子在左右之间磨蹭
迈过丛林时曾经唤醒潜伏在河流深处的群狮
它是失败的神啊　朝着时间的黄昏
永恒的雾在开裂　吨位解体　后退着
垂下大耳朵　尾巴上的根寻找着道路
在黑暗里一步步缩小　直到成为恒河沙数

事件：翘起的地板

一场事故意味着一首诗……
它来了　在多雨的秋天　穿着雨衣
出现在　书房　我并未察觉　它正散发着
从寒冷雨水带来的　湿气　书籍的
集体宿舍　这么多的书　这么多的诗集
哪里　还容得下一首新诗的　铺位？
我只是吃了一惊　为雨水穿透水泥　从
某处打入房屋的内部　感到懊恼　施工队
早已穿过我的工钱　销声匿迹　地板一块块
翘起　一项　掩盖多年的劣质工程　被揭露
一箱《世界文明史》　被浸渍　成了废纸
墙壁上看不出丝毫痕迹　突然　在墙脚跟
出现了洪水　我发现这个地下组织　已经秘密地
活动多年　等待着一个又一个雨季　从一个秋天
到另一个秋天　那领头的矿工　一定已经
白发如丝　哎，我这人　满脑袋不合时宜的念头
多年写作　一直以为是在　与铁对抗
坚信着水滴铁穿的　一滴　穷人　无权无势
的小市民　分期付款　装修完工　家天下已定

与世无争　我自己的地盘　我私人的作坊　居然
成了另一滴　水　在黑暗中　日益精湛的一技之长
钻空子　一心一意　要攻克的　监狱　围墙！
小凿子　灭掉它　只需用指头　一揸
但它后面　连接着一个不讲是非的　水库
凿穿一切　岩石　钟　花朵　图纸　坝
无孔不入　像是死牢里的蚯蚓　只是要　拱出去
向刚刚完工的世界宣布　事情还没有完　还有缝
它才管不着　地道的出口　是警察局的地毯
还是一个诗人的　壳　一滴水　改变了
早已削足适履的生活　令我　在秋雨绵绵的清晨
写作中断　发着愁　是把剩余的地板
全盘撬掉　恢复水泥地　还是重新铺上木条
我犹豫不决　或许我得接受　这书房致命的漏洞
在大地之上　但沾不得　一点点水　（就像
接受一首　在破地板上翘起来的　干掉的诗）
或许我得容忍　在整一平板的地面上　露着几块
凹下去的　坑　让走路的习惯　与先前
略微不同　它时常会冷不丁地绊我一腿
让我再也不能　四平八稳　偶尔要踉跄一下
像个不倒翁　有些狼狈

卡塔出它的石头

我来到卡塔出它的一处山谷
澳大利亚著名的旅游地　石头城堡
独立于国家　无数卵石　散布在各处
赭红色的土著　像是谁下的蛋
有很小的鸟躲在里面　总有一天会孵出来
想象着那是一种什么鸟　一面玩弄着其中的
一个　直到峡谷里有落日的脚走过来
我得决定　是不是带走　多么可爱
当它滚到一边　突然又看出另一面就像
附近的红种居民　被太阳烤热的头像
放在书架上岂不是最好　这个石头距离我家
有六千多公里　全中国唯一的一个　我肯定
就悄悄地绕过风景区的警示牌　把它藏在背囊里
竟然难以入睡了　仿佛我带回来的是一团野火
它的身体不适应这旅馆的洗发液气味
半夜从坚壳里走出来　抱着一团热在跳舞
翻来滚去　我在琢磨　怎样将它带过海关
只是一个石头　可是为什么要带走　为什么
不是其他　宝石　羊毛面霜　邮票　而是

石头　我说不清楚　由于它像澳大利亚的土人？
因为它可以孵出翅膀？这是否会
使海关的某个麦当劳胖子　一时间
成为喜欢释义的侦探？　固执地寻找
其中的动机　把我和世界那不高明的部分
例如　一个过时的奴隶贩子　相联系？
我真喜欢这个石头　原始的造物　那么动人
这世界到处都是人造　我早已　麻木　不仁
但又恐惧着　这小小的盗窃是否会得罪
某个岩石之王　在卡塔出它的石头堆中
我一直感觉到他的威权　他不是风景区的管理者
他不收门票　沉默　隐身　但君临一切
有时　一个鬈发的土著人闪着黑眼睛
朝我诡秘地一笑　就在丛林里面蹲下去了　另一次
我猛然看见一条疤痕斑驳的蜥蜴　从树根上爬下来
像老迈的国王走过他的地毯　我吓出了一身冷汗
在澳大利亚　像鸵鸟那样　我怀抱着某块石头睡了一夜
它令我疑神疑鬼　天亮时　战战兢兢
我把它放回到旅馆外面的　荒原之上　那是
另一处荒原　把大地上的一个小东西
向西南方向　移动了18公里　就这样
我偷偷摸摸地涂改了世界　的秩序
但愿我的恶作剧　不会带来灾难

他是诗人

他是诗人　有些愣　人家谈论生计　婚嫁　仕途
海鲜降价　房贷利息上升　他望着别处出神
似乎天赋与众不同而被判罚轻度中风　那边
啥也没有啊　云又散了　风在搬运新灰尘　公交车
吐出一串黑烟　老电梯在公寓里上下折腾　左邻
右舍关着防盗门　他从众　忍受与生俱来的制度
偶尔收缩肺叶　无碍大好形势　天将晚　黄昏永垂不朽
又卷起一堆玩扑克的小人　当大家纷纷起身结账
这个吝啬鬼把一点什么记录　在案　像沙漠上的
教堂执事　折起一张羊皮纸　藏在胸口　拍拍
放正　压实　酷似刚刚出院的神经病

千年诗国　第一回将骚人墨客看偏　市场沸沸滔滔
石牌坊前流氓上台　走马灯下骗子拍案　绕开灯红
酒绿　穷途末路　在陋巷　跟在百姓后面继续　美
继续仁　继续义　继续礼　继续智　继续忠　继续孝
继续善　继续　温良恭俭让　迷信头上三尺有
神明　遣词造句　在微光中立命安身　够了　足以
看清字眼　最后一排　他时常小寐　靠着母亲

50年代：五人诗选
The Fifties: An Anthology of Five Poets

水泥缝里菊花又开　父亲在叫　天气潮湿　儿子　回家

时代日新月异　他却说什么　写作就是为世界守成
因此囊中羞涩　一个可以欺负的家伙　有人在背后说
守仓库的在押犯　迷恋过期事物　一钱不值　是的
多次拆迁的城　他总能找到虚无的故居　当春天
在高架桥下跌倒　他扶起来　摸出语词编结的花冠
他点头　他讪笑　他跟着喝点假酒　不是要继承
斗酒诗百　大雅久不作　大隐隐于市　谁都得或此
或彼　装着对正襟危坐的走肉行尸　满怀兴趣　少点
烦　喝白开水　写醉醺醺的诗　豪气不让汉唐　只要
准写　怎么都行　他可不想与老天爷对着干

道成肉身　其貌不扬　小区没有礼拜堂　古老而无用的传统
精神事务　一向是文人负责　没有账目　无须成本　自负
盈亏　一字千金　要到天堂才能支取　哦　诗人　那就是
一坨石头在洪水中　无缘无故地挡着　骑单车　步行　发呆
向后看　此身合是诗人未　细雨骑驴入剑门　在现实中永远
扮演自己的小号　有点儿鹤立鸡群　有点儿不识时务　有点儿
不务正业　有点儿不可靠　有点儿自以为是　有点儿自高自大
有点儿自作主张　有点儿不亢不卑　有点儿自得其乐　有点儿
原始　有点儿消极　有点儿反动　有点儿言过其实　但
无足挂齿　只是令会计室心存芥蒂　嗯　如果此辈绝种
失重的国　会转得快些　故国明月下　对影成三人　孤独多么
高贵　黄鹤一去不复返　仙人　残山剩水　你保管着辽阔的心

哦　李白　别以为他不会痛饮狂歌　跋扈飞扬　此朝非唐
诗人叨陪末座　依然要写　一笔一画　无愧太史司马迁
写得慢些　慢些　再慢些　尔拆何其速　汝书多么慢
诗言志　赋比兴　力要使够　账要记清　大义微言　比
宋朝还慢　比明朝还慢　就回到了长安　一樽酒　细论
文章　老杜呢？　开会去也　小轿车熙熙攘攘　先知
自觉靠朝一边　让它们先走　趁机弯下腰　拉起塌掉的鞋跟

故乡

从未离开　我已不认识故乡
穿过这新生之城　就像流亡者归来
就像幽灵回到祠堂　我依旧知道
何处是李家水井　何处是张家花园
何处是外祖母的藤椅　何处是她的碧玉耳环
何处是低垂在黑暗里的窗帘　我依旧知道
何处是母亲的菜市场　何处是城隍庙的飞檐
我依旧听见风铃在响　看见蝙蝠穿着灰衣衫
落日在老桉树的湖上晃动着金鱼群　我依旧记得那条
月光大匠铺设的回家路　哦　它最辉煌的日子是八月十五
就像后天的盲者　我总是不由自主在虚无中
摸索故乡的骨节　像是在扮演从前那些美丽的死者

王小妮

[创作谈]

写诗几乎是不需要时间的

1. 诗,是一闪而过

诗,常常是一闪而过的零星念头。我昨天去一家文化用品商店,看见新进的一种纸,手感好极了,抽出来又放回去,想到了诗。诗的忽隐忽现和某种潜在暗中连通,不经意就启动。许多时候,那些已经接近诗的东西,自然而然溜走,能记录下来,写成诗的只是一小部分。哪里有那么多的理性?有理性就没有诗。

一个感觉突然跳出来,可能是短诗。一大堆东西又拥又挤可能是长诗。当然,自然丢失的很多,许多感觉在心里一闪而过自生自灭。

诗在我这儿,常常是一过,瞬间的,

掠过的,几乎不停歇的。虽然选词造句都不难,可气息的把握需要一个相对完整的写作氛围。

诗写完就完了,我写过的诗一律不能背诵,也没有回去阅读的习惯,看了反而麻烦,因为总想要再改。

2. 诗还没让我厌倦

写诗写了20多年,对于诗我还是说不清。

诗,我们只能感觉到它,却不能完全说得清它。如果人们能完全说得清诗是什么,写诗就一定减少了魅力,一目了然、事先知道的写作还有什么意思?

常常有一个句子突然冒出来,今天感觉它可以含得住诗,明天它就苍白如水,什么也不是了,完全没有写下去的可能了。诗正是以这种飘忽不定吸引人。散文、短篇、中篇、长篇我都写过,返回来才更感觉诗的独特,它忽来忽去、可是可非。诗是一条活灵灵的深河,小说是精工制作的钢筋混凝土桥梁,天然和人工的区别。河是什么,外表上很好认定,用语言却定义不了。

我总是认为,我们的生存大多数时候和诗人无关。不体会平凡,就不可能是个好诗人,而我们到这世上是来做一个人,肯定不是被设计好了去成为一个诗人。

诗还没让我厌倦。写诗对于我,还是件有意思的事。

3. 热诗与冷诗

有些诗是热的、活的,比如我写的重庆醉酒,酒后,一大堆拥在一起的想法的整理。有些诗是冷的,比如我写过的水莲,冷静,每一小节相对独立。有些短诗,几分钟,它的主干就成了,走向相对单一。时间长了，反而破坏了最直接的东西。另有一些，会感到层次多，重重叠叠，要慢慢来，要多放一放。

人不同，所以诗人也不同。我很喜欢句号。在句号后面出现的一定是下一个句子，是必需的递进。句号催我们选择新方向快走，而不是原地停住。在我的小说里同样句号用得多。每一行诗都由于分行，有了自然的停顿，而句号相当于一个完成后的标识。也许这不重要，我相信好多人读诗一带而过、一目十行，但是，作为一个写诗的人，他自己沉在写作中却总要反复掂量，他更重要的是重视自己"写"当时的感觉，他要清楚他的诗往哪里走，这时候一个句子和下一个句子之间的转换，他最清晰。

分行、分节就像一个人走路，一个人不可能永远走下去不停步。押韵，就必然形成固定的节奏，不押韵的现代诗需要内在节奏。这节奏把握起来比押韵要难，而且完全无规律。我现在读押韵的诗，有种油腻腻的感觉，黏稠感。

4. 关于女性诗歌

我想，女人可能更接近纯粹的写作。她们常常比男人写得更自然，更松弛。但身体只是一个表象，一个层次。坐在画室中的男模特、女模特，对于任何性别的画家都是个物理的描摹对象。一个女诗人如果离开了"感性性感"之类，进入了纯人的层面，她的诗反而会变得更加女性。个性，比女性重要得多。

迎面来一个穿裙装的人，路人突然高喊：那是个女的！能说明他有独到的发现吗？同样，迎面来个穿裙装的人，她自己突然高喊：我是个女的！人们不觉得她是个疯子才怪。

5. 关于语言

很明显，没有语言，哪里有诗？但是，关于"在家的感觉""存在的家园""语言即世界"，想出这些空荡荡干巴巴的词汇的不是写诗的人，或者不是站在诗人的角度说话。远处有一片建筑群，有人说去看看吧，那里是别墅。走近才发现，那不过是些水泥框架。未完成者。无血无肉者。我感觉真正的诗，是容人安居的寓所，理论却是住不得人的空架子。不是不需要命名者，但是写诗的人不需要他们。我可以给语言安装上五个新命名，而写诗的时候还是要回去找我自己的方式。

写诗的人常常凭感觉认定某一个词是结实的，飘的，有力的，鲜艳的，凭这个词和其他词的相碰形成了诗句。这时候词所含的属性往往只是一次性的，在另一个语境里，它很可能不结实、不飘、不有力、不鲜艳。一次性，哪里找得到规律？哪里给理论以出现的机会？写诗的人都有他自己对语言的敏感和选择。而通常人们判断说，那是诗的语言，也许恰恰是酸腐的陈词滥调。诗的语言必须活着而新鲜。总结不出来的。一旦能总结必然开始了生硬。

6. 关于古典与理论

中国古典诗词被定义为"营养"？我觉得这营养离我们越来越远，产生它的那种特有的节奏、心态、词汇，包括支撑它的山川地貌全都变了。有些东西消失得无影无踪，或者还有那么一点点影响到今天。我想有张力，有结构，有模糊性。但是它的魂儿断了，或者叫魂不附体。我们现在非常需要回到诗本身，一首诗怎么展开，怎么走向，不能总是在诗的外围纷乱评说。

至于哲学，维特根斯坦等，披长外套的大师多了，喜欢总结概括抽象。但是那和我们有什么关系？他做他的大师，我写我的诗。这世界上没有真理，真理都是有限定的，是人给出来的一个命名，人为的说法或说服。假如有真理，诗就是反真理。假如有人做命名，诗永远都在反命名。非要说诗是什么，我只能说，诗是现实中的意外。

7. 诗，是可以害人的

人对诗，几千年来花费了那么大的精力。诗对人也形成了非常大的反作用力。

诗很大程度是可以害人的。小说、绘画……艺术的其他门类，都没诗这么害人。因为它的纯粹精神性，它不能养人，纯身外之物，却又是纯身内的需求。

诗人角色的意识太浓，不好。太把自己当个诗人，会破坏掉正常的生活。

8. 关于名声

一个人，能有写诗的想法，而且花费时间精力把它一字一句写出来，这行为在现在这个年代应该得到尊敬。也许我的角度有点不一样，有点宽厚。现在不是1980年，一个人在所谓的权威刊物上发一组诗能怎么样？一个人买断一本杂志只发自己的诗又能怎么样？你的诗每天贴在网上每天受到所有人的赞美又怎么样？你还是你，别人还是别人。你换回来的只是心里的那点满足。你的心是个什么，谁又能和你分享你的心？现在，你要当个诗人，顶多换回几张小额人民币，和"怪人"的称呼。不过是"暴得其名"和"浪得虚名",全是虚幻,一个现实中的人,对虚幻还保留有兴趣,夹在满街为钱奔波的人之中,成为另类。

诗的读者不要很多,多了太乱。

写吧,自己感觉是诗,它就是了。

9. 关于诗意栖息

我和徐敬亚住在南方,并没有"诗意地栖息"。诗意,是个虚幻的说法。吃了摇头丸,连连说胡话,它就是胡话之一。哪个活生生的人没活着?哪个人不是日出日落。最令人怀疑的说法中,排在最前面的就有"诗意地栖息"。人的全部不可能是诗意的。诗意,只发生在瞬间,写作或者阅读中,短促极了。

还有一个词,我不喜欢,就是硕果累累。这个词害了不少人,一辈子的目标就是死后的硕果累累。人不是为了结果子才来到世界。人更生不出来什么硕果。什么是硕果?以什么标准衡量?我们在这世上是来活着的,不是来结果子的。我理解活着的标识是渺小,是安身立命,不是大斗张扬来收获名声的。这是一个人生存的基点。

各人有各人的硕果。同样的果子对于不同的人,可能是苦果、恶果。

人不可能飘飘欲仙。我不过是一个闲人,每天闲散地待在家里。也出门,也见朋友,只是不善于说话,90%的时间里我一般都是在听。"说诗"我更不会,讨论诗的时候我在场和不在场都差不多。我不是不愿意谈,是谈不清。诗是个复杂的东西,妄谈不如不谈。诗是要小心敬畏的东西。

10. 写诗是几乎不需要时间的

我写诗都是偶然，不过是很多偶然连在了一起。我以为，写诗是几乎不需要时间的。一闪而过的东西，不耗时不耗力。但是，这不说明它不重要。我理解的诗，就是心里有事儿，抽空把它记下来。有许多感觉，只是在心里掠过，这个掠过的过程，远比诗被写出来、被阅读欣赏的过程重要。

11. 诗是我的老鼠洞

我曾经说过，诗，是我的老鼠洞，无论外面的世界怎么样，我比别人多一个安静的躲避处，自言自语的空间。我没太多奢望。生活中重要的事情太多了，一个家里杂事无数，而我喜欢干这些，做饭，擦地板都重要。

王小妮，1955年生于长春。出版有《我的纸里包着我的火》等诗集，《手执一枝黄花》等散文随笔集，《上课记》（1~2）等非虚构作品集，《1966年》《方圆四十里》等长短篇小说集等各类著作共33种。曾获"安高诗歌奖""2002年度诗歌奖""华语文学传媒诗歌奖""新诗界国际诗歌奖""美国波士顿西蒙斯大学诗集奖""李白诗歌奖"等。现为海南大学诗学中心教授。

我感到了阳光

沿着长长的走廊
我,走下去……

——呵,迎面是刺眼的窗子,
两边是反光的墙壁。
阳光,我,
我和阳光站在一起

——呵,阳光原来这样强烈!
暖得人凝住了脚步,
亮得人憋住了呼吸。
全宇宙的光都在这里集聚。

——我不知道还有什么存在。
只有我,靠着阳光,
站了十秒。
十秒,有时会长于
一个世纪的四分之一!

终于,我冲下楼梯,
推开门,
奔走在春天的阳光里……

地头,有一双鞋

地头,
端端正正地摆着一双鞋,
哪个会过日子的老汉?
也许只是想和土地离得亲近些。
——沙沙锄地的声音。
满眼是油绿油绿的玉米叶。

那玉米长得黑漆漆的绿,
一定会长出金子一样的颗粒。
那双鞋还很新呢,
针脚又细又密。
——远处,是谁
用粗犷的嗓音唱着戏。

歇晌的哨子响了,
庄稼地里钻出一个青年,

很端正，很壮
不！是很美。
太阳，像他巨大的耳环。
——他笑着嚷着跳着：
我的宝贝鞋还在那边！

他拍了拍鞋上的灰尘，
看了看自己沾泥的脚掌。
他把鞋夹在胳肢窝下面，
太阳把大路晒得滚烫滚烫。
——咚咚，咚咚，咚咚，
两只脚踏在裸露的土地上。

问候

黑夜，
秦岭上，没有光亮。
无数只黑的车轮
颠簸在
近
又看不见的地方

伸出所有的手指，
所有的，
也摸不到
那一片
我所熟悉的气息。

黑夜，
少了那双手，
连点燃了的火柴
都是黑色的。
陪伴我的，
只有一个
全黑的皮包，
和这黑又漫长的晚上。

我闭上眼睛
用想象去问候
推开我们蓝色的木板门。
一个善良的
好人的问候
能够穿透一切黑夜，
使石头和道路
都熠熠发光。

谢谢这黑夜

让我
静静地去想象。

诗人

上午,我和许多人
一起嘲笑诗,
嘲笑它如同垃圾。

唯有我的嘲笑是真的,
因为我是诗人。

我有积攒一切
白纸的嗜好,
有人说,我一定
蓄谋着什么。
不,不会。
与街上的诗人比
我已完全等同于路人。

深夜,
幡然失眠。

找到纸和笔以后,
连一个字也写不出。

一个字也写不出,
我沮丧如同败鼠。
我终于彻底地明白,
我是一个
命中注定的诗人。

那样想,然后这样想

首要的是你不在。
首要的是没有人在。
家变得广阔
睡衣凤凰般华贵。

我像皇帝那样走来走去。

灯光在屋顶
叫得很响。
我是它高高在上的回声。
一百六十四天

没人打开我的门。
我自然而然地做了皇帝。

穿上睡衣
日日夜夜地走。
我说话
没有什么不停下来倾听。

灰尘累累衣袖变厚。
平凡的人
从来没有见过
这么多会走会动的尘土。
从市上买回来的东西
低垂下手
全部听凭于我这个
灰尘之帝。

报纸告诉我
外面永远是下雪的日子。
你再不能
二十岁般跳进来。
一百六十四天
你到人群中去挤。
变得比我还不伟大。
我干脆不想伟大。

这个世界无法清点所有房子
没人能寻找到我。

你不要回来
不要给我形容外面。
东方帝王
不必看世界
你让你的皇帝安息吧。

爱情

那个冷秋天呵

你的手
不能浸在冷水里
你的外衣
要夜夜由我来熨
我织也织不成的
白又厚的毛衣
奇迹般地赶出来
到了非它不穿的时刻!

那个冷秋天呵
你要衣冠楚楚地做人

谈笑
使好人和坏人
同时不知所措
迎着眼睛
我拖着你的手
插进每一个
有良心的缝隙

我本是该生巨翅的鸟
此刻
却必须收拢翅膀
变一只巢
让那些不肯抬头的人
都看见
让他们看见
天空的沉重
让他们经历
心灵的萎缩!

那冷得动人的秋天呵
那坚毅又严酷的
我与你之爱情

一瓶雀巢咖啡,使我浪迹暗夜

在我胡思乱想的时候,
那黑褐色的东西
正在黑暗中
轻轻旋动自己的黑盖。

我忽然想起,
咖啡,早就是失眠的同伙。
喝多了,
肤色将如黑漆。
但,我还是没忍住。

绝没想到,喝了
变化来得快又透彻。
胳膊已成巨翅
我是浪迹黑夜之鸟。

俯身我的床边,
我触到绵绵噩梦。
我要叫,却满嘴鸟语。

而那总朝我背后走的人，
他斜的背
干脆被污水注满。

有许多羽毛
可还是冷。
我对这黑褐东西说，
让我变回人吧，
你走！

我亲自买回来的东西
满脸正色回答：
早就来不及的。

不要帮我，让我自己乱

我的手
夜里睡鸟那样阖着。
我的手
白天也睡鸟那样阖着。
你走远又走近。
月亮在板凳上

对着你的门口微笑。
没有人知道
我站,我坐
都是一样的乱。

平凡的人跋跋路过窗口。
路上有
许多幸福鼠洞。
我看生命太繁忙。
睡鸟醒来。
树林告诉大家,树林很累。
鸟什么都看见了
鸟的方式
从来是乱语纷纷。

我的世界里
不停地碰落黑色芝麻。
没有泥土
只有活芝麻的水珠。
站得太近了。
世界连一天也看不见
我是一个自乱者。

让我向你以外笑。
让我喜欢你

喜欢成一个平凡的女人。
让我安详盘坐于世
独自经历
一些细微的乱的时候。

我爱看香烟排列的形状

坐在你我的朋友中
我们神聊
并且一盒一盒地打开香烟。
我爱看香烟排列的形状。
还总想
由我亲手拆散它们。

男人们迟疑的时候
我那么轻盈。
天空和大地
搀扶着摇荡。
在烟蒂里深垂下头。
只有他们的头,才能触到
紫红色汹涌的地心。

男人们沉重的时刻
我站起来。
太阳说它看见了别的光。
用手温暖
比甲壳虫更小的甲壳虫。
娓娓走动
看见烟雾下浮动许许多多孩子。

我讨厌脆弱
可泪水有时变成红沙子。
特别在我黯淡的日子
我要
纵容和娇惯男人。

这世界能有我活着
该多么幸运。
伸出柔弱的手
我深爱，并且托举
那沉重不支的痛苦。

晴朗漫长的下午怎么过

太阳照耀我
看完一本圣贤书。

古人英明
让精神活到了今天。
但是他们没有说明
怎样过下午。

风花雪夜月全都扫兴。
太阳飞碟一样
侵犯我。
晴朗起来什么都想。
可是一个人
活着,又过于瘦长。

看书不如看大街。
把表看成巨人脚。
把窗子看成方块的脸。
隔着百叶窗

人影一节节拖长。
谁也扶不起它们。

我看见远远地
你裹着一团你的下午
手上乱七八糟
总好像在做事情。
我要隐藏很深。
真怕你
从正午的高坡上走下来问我
晴朗漫长的下午
通向哪里。

突然有什么嚓嚓走近。
末日硕大
阴沉下了脸
这个下午终于完了。

紧闭家门

睡醒了午觉
我发现
在这个挺大的国家里
我写诗写得最好。

最好这个想法
秒针般繁密地滋长。
鼓声不断
由你冲撞向我。
荒草钟一样哇哇报时。
我明白
到了必须
闭门写诗的时刻。

紧闭家门
重新坐下来喜爱世界。
四壁的霉斑
为我的坐姿悠悠闪亮。

让深陷重围的人们
八面去听。
让正想申辩的人们
突然停止。
随意把字写到纸上。
从来没人认识诗。
从来没人
想一个人活出优美。

太阳啄我的薄门。
告诉它
有人正在写诗。
你的眼睛
巨大地浮荡在上。
满天星球
在你背后左右怂恿。
我要警告万物保持安静。

那一团幻觉
穿透四壁
正慢慢飘荡向我。
走来了我悠悠的世界。

不认识的就不想再认识了

到今天还不认识的人
就远远地敬着他。
三十年中
我的朋友和敌人都足够了。

行人一缕缕地经过
揣着简单明白的感情。
向东向西
他们都是无辜。
我要留出我的今后。
以我的方式
专心地去爱他们。

谁也不注视我。
行人不会看一眼我的表情。
望着四面八方。
他们生来
就不是单独的一个
注定向东向西地走。

一个人掏出自己的心
扔进人群
实在太真实太幼稚。

从今以后
崇高的容器都空着。
比如我
比如我荡来荡去的
后一半生命。

等巴士的人们

早晨的太阳
照到了巴士站。
有的人被涂上光彩。

他们突然和颜悦色。
那是多么好的一群人呵。

光
降临在

等巴士的人群中。
毫不留情地
把他们一分为二。
我猜想
在好人背后
黯然失色的就是坏人。

巴士很久很久不来。
灿烂的太阳不能久等。
好人和坏人
正一寸一寸地转换。
光芒临身的人正在糜烂变质。
刚刚猥琐无光的地方
明媚起来了。

神
你的光这样游移不定。
你这可怜的
站在中天的盲人。
你看见的善也是恶
恶也是善。

清晨

那些整夜
蜷曲在旧草席上的人们
凭借什么悟性
睁开了两只泥沼一样的眼睛。

睡的味儿还缩在屋角。
靠哪个部件的力气
他们直立起来
准确无误地
拿到了食物和水。

需要多么大的智慧
他们在昨天的裤子里
取出与他有关的一串钥匙。
需要什么样的连贯力
他们上路出门
每一个交叉路口
都不能使他们迷失。

我坐在理性的清晨。
我看见在我以外
是人的河水。
没有一个人向我问路
虽然我从没遇到
大过拇指甲的智慧。

金属的质地显然太软。
是什么念头支撑了他们
头也不回地
走进太阳那伤人的灰尘。

灾害和幸运
都悬在那最细的线上。
太阳，像胆囊
升起来了。

看到土豆

看到一筐土豆
心里跟撞上鬼魂一样高兴。
高兴成了一个

50 年代：五人诗选

头脑发热的东北人。

我要紧盯着它们的五官
把发生过的事情找出来。

偏偏是
那种昂贵的感情
迎面拦截我。
偏偏是那种不敢深看的光
一层层降临。

我身上严密的缝线都断了。

想马上停下来
把我自己整个停下来。
向烟瘾大的人要一支烟
要他最后的一支烟。

没有什么打击
能超过一筐土豆的打击。

回到过去
等于凭双脚漂流到木星。
可是今天
我偏偏会见了土豆。

我一下子踩到了
木星着了火的光环。

徐敬亚睡了

在台风登陆前
徐敬亚这家伙睡着了。

现在徐变得比一匹布还安静
比一个少年还单纯。
那条睡成了人形的布袋
看起来装不了什么东西。

狂风四起的下午
棕榈拔着长发发怒
我到处奔跑关窗关门
天总是不情愿彻底垂下来。
徐真的睡了
疯子们湿淋淋撞门
找不到和他角力的对手。

一张普通木板

就轻松地托举起一个人。
我隔着雨看他在房中稳稳地腾云。

如果他一直睡着
南海上就不生成台风了。
如果他一直不睡
这世上的人该多么累。

最难弄的是人这件东西。

11月里的割稻人

从广西到江西
总是遇见躬在地里的割稻人。

一个省又一个省
草木黄了
一个省又一个省
这个国家原来舍得用金子来铺地。

可是有人永远在黄昏
像一些弯着的黑钉子。

谁来欣赏这古老的魔术
割稻人正把一粒金子变成一颗白米。

不要像我坐着车赶路
好像有什么急事
一天跨过三个省份
偶尔感觉到大地上还点缀了几个割稻人。

要喊他站起来
看看那些含金量最低的脸
看看他们流出什么颜色的汗。

一块布的背叛

我没有想到
把玻璃擦净以后
全世界立刻渗透进来。
最后的遮挡跟着水走了
连树叶也为今后的窥视
文浓了眉线。

我完全没有想到

50 年代：五人诗选
The Fifties: An Anthology of Five Poets

只是两个小时和一块布
劳动，居然也能犯下大错。

什么东西都精通背叛。
这最古老的手艺
轻易地通过了一块柔软的脏布。
现在我被困在它的暴露之中。

别人最大的自由
是看的自由。
在这个复杂又明媚的春天
立体主义走下画布。
每一个人都获得了剖开障碍的神力
我的日子正被一层层看穿。

躲在家的最深处
却袒露在四壁以外的人
我只是裸露无遗的物体。
一张横竖交错的桃木椅子
我藏在木条之内
心思走动。
世上应该突然大降尘土
我宁愿退回到
那桃木的种子之核。

只有人才要隐秘
除了人
现在我什么都想冒充。

重新做一个诗人

在一个世纪最短的末尾
大地弹跳着
人类忙得像树间的猴子。

而我的两只?
闲置在中国的空中。
桌面和风
都是质地纯白的好纸。
我让我的意义
只发生在我的家里。

淘洗白米的时候
米浆像奶滴在我的纸上。
瓜类为生出手指
而惊叫。
窗外,阳光带着刀伤

天堂走满冷雪。

每天从早到晚
紧闭家门。
把太阳悬在我需要的角度
有人说,这城里
住了一个不工作的人。

关紧四壁
世界在两小片玻璃之间自燃。
沉默的蝴蝶四处翻飞
万物在不知不觉中泄露。
我预知四周最微小的风吹草动
不用眼睛。
不用手。
不用耳朵。

每天只写几个字
像刀
划开橘子细密喷涌的汁水。
让一层层蓝光
进入从未描述的世界。
没人看见我
一缕缕细密如丝的光。
我在这城里
无声地做着一个诗人。

那个人的目光

我看见那个人退避的目光。
他不想它到达我
在一厘米以外
我试到那目光止住了。
它随时会被
主人快速回收。

我从来不会要求光
就像不要求为我伸过来的手
那是别人的东西。
除了挡不住太阳的照耀
我从来没有准备接受
外来的亲切。

突然他把它拉得很长
我只看见他的下颌
跟孩子一样。
我们一起望见空中的客机
一只坚固又发声的亮鸟。

然后我们喝茶
有一只装香片的紫壶
坐在人之间。
我再看见
他灵活地控制属于他的目光。
我看见那张脸上
有两根弹性优良的橡皮筋。

要多么艰难
人能被人打动?
我试过它
那将是一种面不改色的深疼。

月光白得很

月亮在深夜照出了一切的骨头。

我呼进了青白的气息。
人间的琐碎皮毛
变成下坠的萤火虫。
城市是一具死去的骨架。

没有哪个生命
配得上这样纯的夜色。
打开窗帘
天地正在眼前交接白银
月光使我忘记我是一个人。

生命的最后一幕
在一片素色里静静地彩排。
月光来到地板上
我的两只脚已经预先白了。

出门种葵花

春天就这样像逃兵溜过去了
路人都还穿着去年的囚衣。
太阳千辛万苦
照不绿全城。

一条水养着黄脸的平原
养着他种了田又作战
作了战再种田。

前后千里
不见松不见柳不见荷不见竹。

我不相信
那个荷兰人
会把金黄的油彩全部用尽。
我们在起风的傍晚出门
给灰沉的河岸
加一点活着的颜色。

种子在布袋里着急。
我走到哪儿
哪儿就松软如初。
肥沃啊
多少君王在脚下
睡烂了一层层锦绣龙袍。

在古洛阳和古开封之间
我们翻开疆土
给世人种一片自由的葵花看看。

西瓜的悲哀

付了钱以后
这只西瓜像蒙了眼的囚徒跟上我。

上汽车啊
一生没换过外衣的家伙
不长骨头却有太多血的家伙
被无数的手拍到砰砰成熟的家伙。

我在中途改变了方向
总有事情不让我们回家。
生命被迫延长的西瓜
在车厢里难过地左右碰壁。
想死想活一样难
夜灯照亮了收档的刀铺。
西瓜跟上我
只能越走越远
我要用所有的手稳住它
充血的大头。

我无缘无故带着一只瓜赶路
事情无缘无故带着我走。

喝点什么呢

酒太糙果汁太妩媚
水又太薄了。

合适的液体来不及生成。
树还没选中叶子
温泉没开窍
什么样的流动
能够配得上我现在这种绝妙的感觉。

没有一种为瞬间而生的液体。

时间就是短的。
十分钟以后
我可能什么也不需要了。
院子里的桂树偷偷开碎花
凤凰叹气落叶
穿毛外套的人原地散步。

飘飘的人尝不到飘飘的水
我很快
就将变回一个平凡人。

有了信仰的羊

羊群向着高处逃亡
皮毛很脏,心情很急。
前面的摔倒了后面的踩上来。
山坡越滚越快
还没融化的山顶已经很近了。

最后的几片雪出奇地白
天蓝得吓人
只有藏在深山里的羊才这样不顾一切
它们要去天上洗澡
干干净净地成仙。

山梁上起着风
追赶着,清洁着,神圣着这群小动物。
大团的白云和黑云都避开了

天留出最大的空间。

羊对羊群说话
导火索对火药说话
绝不让牧羊人靠近,不让他追上来。

要多么快才能甩掉牧羊人
把他塞回他的臭皮袍
把鼓在口袋里的三个馍塞进他的肚子。
把他留在他那个发臭的人间。

耕田的人

那个人正扶着犁翻起整座山头。

他跟在牛的后面
他们两个正用力揭开土地的前额。
暗红的伤口露出来
能看见燃烧过后的红。
刑罚过后的红。
把疼痛默默挨过去的红。

矮小的耕田人忽然不见了
刚翻出来的红泥把他埋下山坡。
他的伙伴直挺起很大的头
好像另一个耕田人戴上了牛的面具
好像犁的前后两个亲兄弟。

烟草的种子还在麻布袋子里
劳动刚刚开始。
他们停下来
一高一低地咳嗽
后来，尘土蒙住脸，四周又静了。

喜鹊只沿着河岸飞

那只喜鹊不肯离开水。
河有多长
它的飞行就有多长。

负责报喜的喜鹊
正划开了水
它的影子却带着坏消息。

好和坏相抵
这世上已经没有喜鹊
只剩下鸟了。

黑礼服白内衣的无名鸟
大河仰着看它滑翔。
人间没什么消息
它只能给鱼虾做个信使。

连一只喜鹊都叛变了。
我看见叛徒在飞
还飞得挺美。

到海里洗水牛

牛群被赶下了海,一路走到翻白的水沫里去。

肮脏的牛把大海神圣的边缘染黄
就像小僧人来过,投下几个肮脏的烂蒲团。

伟大的东西猛然起身

海在涨潮。
牛只有害怕
它们都是真正的老实人。
水发出最大声的恐吓
要驱赶这些四只脚的怪物。

赶牛的人躬着，清洗他精瘦的两条腿杆。
然后，赶牛人对海说，你凶什么
这点泥能污了你?
你那么大!

牛张开心事重重的清澈眼睛
它看见蓝色的田地，比黄色的田地还要大
它们跟着海的节奏号叫
害怕赶牛人要耕这一大片的苦水。

像几个没穿衣服的害羞的绅士
走上海岸的牛放心了。
可是，太平洋追过来
它真的很生气。

梁平

[创作谈]

关于诗歌,我的只言片语

1. 写诗四十年,从来就没有得意洋洋的时候。老老实实地写自己想写的情感与物事。我的写作总是有"我"在,七情六欲,上天入地。我的文字认同我的血缘、胎记,以及"家"的谱系,这是我对故乡和家国基因的指认。家对于我,是一生写作的土壤。我敢肯定地说,以前、现在以及以后的写作,都不会偏离和舍弃这样的谱系。我这样执意固守,就是希望自己的写作能够"有血有肉",看得见活生生的"我"。

2. 我一直是诗歌的散兵游勇。二十世纪八十年代诗歌运动、流派风起云涌,我没参加任何流派,任何运动,而其中的将帅人物、中流砥柱很多都是朋友,情感一点不受影响。我是觉得,参加了无非有两个可能:一是在群体中可以抱团取暖,加快产生影响的速度;另一种可能,就是天长日久,不自觉形成近亲写作和门户写作。诗歌写作的风格与技法林林总总,抒情与反抒情、传统与现代、口语与非口语等,所有这些都可以剥离、互补、渗透,并不是非此即彼。就像武林高手,每个高手都有独门绝技,而真正的高手,还能熟悉和掌握十八般武艺。

3. 重庆与成都是我生活的地理,也是生命与精神向外延展的重要基地。认识自己必须认识与自己朝夕相处的城市。要在习以为常、见惯不惊中洞悉它的变化,包括日常生活、社会形态、人们的观念与精神世界的演变。现实不是空泛而虚假的概念,不是简单的油盐酱醋,不是土地和庄稼、城市与霓虹,而是既可细微至生命内核最隐秘的部分,亦可宏大至朗朗乾坤。我的生活就是我的现实,以这样的认知让我的写作落地生根。

4. 我承认我是城市的书写者。我喜欢在自己生存的城市寻找入口,把笔触渗透到城市的写作中。现代文明催生了城市化进程,乡村与田园渐行渐远,城市已经成为人口集中、人的情感和欲望的集散地。所以,尤其需要诗人对城市的精神代码、文化符号以及城市人与城市各种关系里的消极与积极、融入与抵抗、享受与逆反的辨识与思考。当代诗人有责任理直气壮地去抒写城市。在现实生存的繁复、含混、荒诞和司空见惯的日常经验里,拒绝惯性、虚无和自恋,写出自己的与众不同。

5. 我对中国社会发生的变化没有停止过思考,这是一种习惯。所以我大脑里有一个巨大的储存库,库存每一时刻都在添加。中国社会转型已趋向立体和深入,社会的细分和渐趋定型的社会形态所带来的新问题、新经验,使诗歌道义的力量,诗人的责任与担当,开始成为诗人的自觉。从文学概念上讲,直接进入现实不太好把握,需要沉淀和发酵。但就诗歌而言,我一直认为需要及时、敏感地介入现实。这种介入也应该是立体的、深入的,它唤醒的是诗人不同经历、不同视角的发现与切入。诗人不能在现实面前束手无策,丧失进入的能力。

6. 诗歌是人类思维与现实存在结合的伟大产物之一。我们可以毫不费劲地跟随诗歌走进任何一个时代背景下,人们的琐碎生活及身心的隐秘。所谓"感其况而述其心,发乎情而施乎艺也"。不同的写作主体又为诗歌在其形态上带来了"可能"。这种可能,便是诗人偶然与必然相结合的"可能"。"可能"可能是一个开端,可能是一个过程,也更可能是一个结果。在诗歌写作上一味追求辞藻、意象,把一首诗整得眼花缭乱,或者像做瓷娃娃一样雕琢成诗歌工艺品,这些对我来说,我会刻意保持距离和警惕。我在乎的是,我的写作、我的生命和伴随我生命成长的社会里的宏观与微观,一定要发生关系,留下自己的擦痕。

7. 坊间流行有一句话,把诗写得别人看不懂就是诗人,把字写得别人看不懂就是书法家。这实际上是为"装神弄鬼"做出的最精妙的注释。任何人任何时候都不要把别人看不懂当成你的骄傲。写作可以有幻觉,做人不能有幻觉,做人有了幻觉就会目中无人。诗歌的路径和方向千姿百态,看得懂、看不懂都可以成立,它的构建方式,它的叙述手段,它的审美向度都具有独立的品质,但切不可唯我独尊。我也写口语诗。很多人指责口语诗泛滥了口水,让真正优秀的口语诗蒙冤。其实口语诗写作难度很大,它把语言干净到每一个字都不是装饰和附属,而讲究的是字字力道。当下已成泛滥的口水诗,不是口语诗,口语诗不去背这个"黑锅",必须要做出甄别。

8. 这是一个道德与原则模糊的时代,很多人被自己的欲望裹挟着行走。一个人满足自己的欲望,理所当然,天经地义。但往往我们踏入欲望这条河流,常常会两脚不着地,只能被动地跟着它漂荡。水性好的人兴许能游到彼岸,水性不好的人,最后的结局便是淹死在自己的欲河里。"现代人的生命从整体上已经破碎、苍白、残缺,从根本上是与唐时代的人类截然不同的世界"(钱文亮语)。人们的生活被商业和都市文化填塞得几乎没了空隙,新诗几乎无法拒绝地以表现丰富而复杂的现代情绪,斑驳陆离的都市生活,现代人情感的复杂、混乱、焦虑而获得了现代美学特质。

9. 写作一定会形成自己的语言系统和思维系统。一个优秀的诗人,更要警惕成形的语言和思维系统,要不断地在写作中给自己制造陌生。我喜欢米沃什,他做过外交官、教师、也流亡过,他复杂的身份构成了他生命经验的复杂性,他在90岁的时候还说,"到了这种年纪,我仍然在寻求一种方式、一种语言来形容这个世界"。我也喜欢自己花甲之后的写作,更多的是在寻找一种平和、淡定,而且对人、对事,对人与物、人与社会的关系,在寻求一种贯通。因为人和人之间,人和自然、和社会之间,天生有一种对抗和隔阂。我希望我的诗歌能在对抗和隔阂中达成和解,这是人生态度和写作态度的调整。

10. 写作与奖项扯上关系总觉得是一件滑稽的事情。这么多年当评委没有千次也有几百次,上到国家鲁迅文学奖,下到地方政府、或者某个媒体某个企业设立的奖项。能够拿奖,有奖杯,有银子固然是好事，给我我也觉得很惬意，很爽，脱不了俗。但是把这些奖杯和银子当成你写作成就的标杆和尺度就大错特错了。我敢说，任何奖项都没有这个威仪。所以横竖看淡点，切不可上当。心无旁骛，写自己想写的，能够留些文字给后人，足矣。

■ 梁平，1955年12月生于重庆。写诗，写散文随笔，兼及评论和小说。主编过《红岩》《星星》，还在编《青年作家》《草堂》。著有诗集《梁平诗选》《巴与蜀：两个二重奏》《三十年河东》《汶川故事》《深呼吸》《家谱》等10种，散文随笔集《子在川上曰》、诗歌评论集《阅读的姿势》和长篇小说《朝天门》。现为中国作协全委会委员、中国作协诗歌委员会副主任、四川省作协副主席、成都市文联主席、四川大学中国诗歌研究院院长。

说文解字：蜀

从殷商一大堆甲骨文里，
找到了"蜀"。
东汉的许慎说它是蚕，
一个奇怪的造型，额头上，
横放了一条加长的眼眶。
蚕，从虫，
弯曲的身子，
在甲骨文的书写中，
与蛇、龙相似。
面面相觑，
又让人想起出入山林的虎。
所以蜀不是雕虫，
与三星堆出土的文物里，
那些人面虎鼻造像，
长长的眼睛突出眼眶之外的
纵目面具有关，
那是我家族的印记。

青铜·蝉形带钩

曾经在野地里疯舞的蝉,
最后的飞翔凝固在战国的青铜上,
成为武士腰间的装饰。
束腰的带加一只蝉做的扣,
队伍便有了蝉的浩荡,
所向披靡。

张翼、闭翼,
蝉鸣压哑了进军的鼓角,
翅膀扑打的风声,如雷。
旗帜招展,将军立马横刀,
即使面对枪林箭雨,
城池巍峨,固若金汤。

一只蝉与那枚十方王的印章,
没有贵贱、没有君臣之分。
大王腰间蝉翼的轰鸣,
也有光芒。
蝉在盆底的咏叹,已经千古。

蝉形带钩的青铜，
比其他青铜更容易怀想，
更容易确定自己的身份。
如果带钩上见了血，那只蝉，
就不再飞翔，那一定是，
生命的最后一滴。

富兴堂书庄

堆积在檀香木雕版凹处的墨香，
印刷过宋时的月光，没名号的作坊，
在光绪年间成了富兴堂。

书庄额头上的金字招牌，
富一方水土，富马褂长衫，
西蜀行走的脚步，有了新鲜的记载。

以至于很远很远的地方，
可以看见，印刷体的雍城，
烟火人间的生动日子。

蜀中盆地的市井传说，
节气演变、寺庙里的晨钟暮鼓，
告别了人云亦云。

毕昇复制的春夏秋冬，
在富兴堂檀木雕版上解密，
古城兴衰与沧桑，落在白纸黑字上。

巴蔓子

东周。巴将军蔓子，
在这个城市成为亘古的骄傲，
城市徽章，挂在他失血的胸前。

如果援军十万楚国将士的血，
已经兑换了这里的土地，
如果蔓子说过的话可以失言，
或者，有一千个理由，
收回军帐前立下的承诺。

那么将军的名字，
随那场战争的结束而结束了。

即使将军可以晋爵,蔓子可以加禄,
即使巴蔓子活着,
这个城市自然不会为他永远。

那场战争远了,现场依然清晰,
面对巴人国土和楚国将士庆功的杯盏,
在刚刚拭去敌人血迹的利剑上,
蔓子轻抹一朵微笑,
在自己昂扬的颈项上怒放。

——"吾以首级谢楚,
权当承诺的一半城池!"话落头落,
落地的声响压哑了长江的咆哮。
江上的风,
从此呜咽了几千年。

之后,楚以国礼厚葬了一颗头颅,
巴以国礼厚葬了一段的身躯。
巴蔓子将军活着,
成为这个城市的灵魂。

钓鱼城

撕破南宋疆域的蒙古铁骑,
在这里,戛然而止。
一路浩荡烟尘的十万军帐坍塌了,
元宪宗蒙哥最后一口鲜血,
在钓鱼城下,渐渐变黑。

黑色浸透了这里的石头,
开始变冷、变硬,坚不可摧。
黑色浸透了这里的土地,
土地变得肥沃、松软,
插根筷子也能发芽。

稳坐钓鱼城上的重庆知府余玠,
玩点钓竿,支撑淳祐一壁江山。
上帝在这里折断鞭子,
风雨飘摇的南宋破船,
——因钓鱼城而幸免搁浅。

钓鱼城被誉为"东方的麦加城",

是以后的事了。
蒙哥不知道,余玠也不知道,
那一场攻守成为世界史上的战例,
成为经典。只是记功碑太小,
记录不了这里的重量。

磁器口

那年那天,日军飞机如蝗,
遮蔽了头顶上的阳光。
城市上空的警报撕裂了所有的街道,
一只鸽子的翅膀折断,
回不了家。

滴血的翅膀在地上流浪,
停止了飞翔。
房子倒了,门窗躺了一地,
防空洞外一架黑框眼镜破碎以后,
呆呆地望着天空

街上的磁器七零八落,
那些挤进洞里的人比磁器粘得更紧。

空气开始稀薄、开始凝固,
森林般的手臂疯狂舞动,
渐渐缓慢、渐渐无助。

所有的手都朝着洞口的方向,
以相同的姿势,
定格了那个日子。
洞外的那只鸽子死了,
找不到一片白色的羽毛。

黑烟消失,洞里没有人走出来,
磁器街从此伤痕累累。
一碰就会流血,而且流血不止,
半个多世纪以后,
防空洞还在,锈迹斑斑。

燕鲁公所

古代的河北与山东,
那些飘飞马褂长辫的朝野,
行走至成都,落脚,
在这三进式样的老院子。

门庭谦虚谨慎，青砖和木椽之间，
嵌入商贾与官差的马蹄声，连绵、悠远，
像一张经久不衰的老唱片，
回放在百米长的小街，
红了百年。

朝廷怎么青睐了这个会馆，
没有记载。两省有脸面的人，
来这里就是回家，就是
现在像蘑菇一样生长的地方办事处，
在不是自己的地盘上买个地盘，
行走方便，买卖方便。
后来成都乡试的考官，
那些皇帝派下来的钦差也不去衙门，
在这里，深居简出。

砖的棱、钩心斗角的屋檐，
挑破了大盆地里的雾。时间久了，
京城下巡三品以上的官靴，
都会踩这里的三道门槛。
燕鲁会馆变成了公所，
司职于接风、饯行、联络情感的公务，
低调、含蓄、避人耳目。
至于燕鲁没戴几片花翎的人，
来了，也只能流离失所。

燕鲁公所除了留下名字，
什么都没有了，青灰色的砖和雕窗，
片甲不留。曾经隐秘的光鲜，
被地铁和地铁上八车道的霓虹，
挤进一条昏暗的小巷。
都市流行的喧嚣在这里拐了个弯，
面目全非的三间老屋里，
我在。在这里看书、写诗，
安静得可以独自澎湃。

惜字宫

造字的仓颉太久远了，
远到史以前，他发明文字，
几千枚汉字给自己留了两个字的姓名。
这两个字，从结绳到符号、画图，
最后到横竖撇捺的装卸，
我们知道了远古、上古，
知道了黄帝、尧舜禹，
知道了实实在在的
中华五千年。

惜字宫供奉仓颉，
这条街上，惜字如金。
写字的纸也不能丢，
在香炉上焚化成扶摇青烟，
送回五千年前的部落，
汉字一样星星点点散落的部落，
那个教先民识字的仓颉，
可以辨别真伪、验校规矩。
现在已经没有这些讲究，
这条街的前后左右，烟熏火燎，
只有小贩的叫卖声了。

越来越多的人不知道仓颉，
越来越多的人不识字。
与此最邻近的另一条街的门洞里，
堆积了一堆写字的人，
但写字的不如不写字的，
更不如算命的，两个指头一掐，
房子车子票子位子应有尽有，
满腹鸡零狗碎，
一脸道貌岸然。

那天仓颉回到这条街上，
对我说他造字的时候，

给马给驴都造了四条腿,尽管,
后来简化,简化了也明白。
而牛字只造了一条腿,
那是他一时疏忽。
我告诉他也不重要了,
牛有牛的气节,一条腿也能立地,
而现在的人即使两条腿,
却不能站直。

落虹桥

落虹的优雅与情色,
掩盖了鲜为人知的过往,
行色匆匆的布衣、贤达都有了幻觉。
街东口那道彩虹,落地以后,
混凝成坚硬的跨河水泥桥,
桥下的水从来没有流动过,
没有鱼、没有可以呼吸的水草,
没有花前与月下。

这条街很少有人叫它的名字,
总是含含糊糊。

指路的只说新华路往里拐，
庆云街附近，有新繁牛肉豆花，
有飘香的万州烤鱼。
长松寺公墓在成都最大的代办，
临街一个一米宽的铺面，
进出形形色色。

我曾在这条街上走动，
夜深人静，也曾从十五层楼上下来，
溜进色素沉着的一米宽木门。
那是长衫长辫穿行的年代，
华阳府行刑的刽子手，
赤裸上身满脸横肉的刀客，
在那里舞蹈，长辫咬在嘴里，
落地的是人头、寒光和血。

没有人与我对话，那些场景，
在街的尽头拼出三个鲜红的大字
——落魂桥。落虹与落魂，
几百年过去，一抹云烟，
有多少魂魄可以升起彩虹？
旧时的刑场与现在的那道窄门，
已经没有关系。进去的人，
都闭上了眼，只是他们，
未必都可以安详。

少城路

少城路在这个城市,
留下的不只是路。大清八旗子弟,
从北向南,千万里骑步烟尘,
在成都生成朝廷的威仪。
满蒙身上马奶子羊奶子的膻味,
层层脱落,已经所剩无几。
年羹尧提督指头轻轻一拨,
京城四合院与川西民居,
错落成别趣,筑一个城中城。

称作城,城是小了点,
怎么也有黄白红蓝皇室血统,
不能说小,得比小多那么一撇。
这里的少可以是少爷的少,
皇城少爷就区别了土著少爷。
还可以是多少的少,
京城之外数百座城池,唯有成都,
八旗驻防。

这是张献忠毁城弃市之后，
残垣颓壁上的成都满城。
金河水在水东门变幻色彩，
从半边桥奔向了绵长的锦江。
正黄、镶黄、正白为上，
镶白、正红、镶红为中，
正蓝、镶蓝为下。
黄北、白东、红西、蓝南，
四十二条兵街尊卑有序，
以胡同形制驻扎列阵。

毡房、帐篷、蒙古包遥远了，
满蒙马背上驮来的家眷，
落地生根。日久天长随了俗，
皇城根下的主，川剧园子的客，
与蜀的汉竹椅上品盖碗茶，
喝单碗酒，摆唇寒齿彻的龙门阵。
成都盆底里的平原，一口大锅，
煮刀光剑影、煮抒情缓慢，
一样的麻辣烫。

龙泉驿

那匹快马是一道闪电,
驿站灯火透彻,与日月同辉。
汉砖上的蹄印复制在唐的青石板路,
把一阕宋词踩踏成元曲,
散落在大明危乎的蜀道上。
龙泉与奉节那时的八百里,
只一个节拍,逗留官府与军机的节奏,
急促与舒缓、平铺与直叙。
清的末,驿路归隐山野,
马蹄声碎,远了,
桃花朵朵开成封面。

历经七朝千年的龙泉驿站,
吃皇粮的驿夫驿丁,
一生只走一条路,不得有闪失。
留守的足不能出户,
查验过往的官府勘合、军机火牌,
以轻重缓急置换坐骑,
再把留下的马瘦毛长的家伙,

喂得结结实实、精神抖擞。
至于哪个县令升任州官，
哪个城池被哪个拿下，
充耳不闻。

灵泉山上的灵泉，
一捧就洗净了杂念。当差就当差，
走卒就走卒，没有非分之想。
清粥小菜果腹，夜伴一火如豆，
即使没有勘合、火牌，
百姓过往家书、商贾的物流，
也丝丝入扣。
灵泉就是一脉山泉，
驿站一千年的气节与名声，
清冽荡涤污浊，显了灵，
还真是水不在深。

有龙则灵。灵泉在元明古人那里，
已经改叫龙泉，龙的抬头摆尾，
在这里都风调雨顺。
桃花泛滥，房前屋后风情万种，
每一张脸上都可以挂红。
后来诗歌长满了枝丫，
我这一首掉下来，零落成泥，
回到那条逝去的驿路。

纱帽街

纱帽上的花蚊子,
在民国的舞台招揽川戏锣鼓,
文武粉墨登场,后台一句帮腔,
落在这条街的石缝里。
老墙下的狗尾巴草探出身来,
模样有点像清朝的辫子,
每一针绒毛比日光坚硬,
目睹了这些纱帽从青到红,
从衙门里的阶级到戏文里的角色,
真真假假的冷暖。

大慈寺的袈裟依然清净,
晨钟暮鼓里的过客,
常有官轿落脚、皂靴着地,
老衲小僧从来都不正眼顶上的乌纱,
在他们眼里就是一赤条条。
一墙之隔的店家,热火与萧条,
进出都是一把辛酸。
官帽铺的官帽是赝品,

朝廷即使有命官在，
七品，也有京城快马的蹄印。

偶尔有三五顶复制，
也是年久花翎不更旧了陈色，
私下来这条街依样画符。
尺寸、顶珠、颜色与品相的严谨，
不能像现在那些坊间传闻，
可以拿银子的多少随便创意。
那官回了，面对铜镜左右前后，
听夫人丫鬟一阵叫好，
第二天光鲜坐镇衙门，
一声威武，多了些久违的面子。

清廷文武最后一顶纱帽摘除，
复活了这条街的帝王将相。
戏园子倒了嗓的角儿当上店铺老板，
一身行头一招一式，
三年不开张，开张管三年。
那些剧社、戏场、会馆茶楼，
那些舞台与堂会里的虚拟，
满腹经纶游戏的人生，
被收戏的锣鼓敲定。
纱帽街上的纱帽，被风吹远。

草的市

我就是你的爷。
那一根压死骆驼的草的遗言,
在旧时草垛之上成为经典,
草就成了正经八百的市。
过往的骡马,
在堆垛前蹬打几下蹄子,
草就是银子、布匹、肥皂和洋火,
留在了这条街上。
然后一骑浩荡,
能够再走三百里。

草市街只有草,
是不是压死过骆驼并不重要,
草本身与交易无关,
都是人的所为。
至于拈花的偏要惹草,
草很委屈,即使有例外,
也不能算草率。
驴与马可以杂交,

草不可以,
草的根长出的还是草。

在根的血统上,
忠贞不贰。灯红酒绿里,
草扎成绳索,勒欲望,
勒自己的非分。草的上流,
草的底层,似是而非,
在不温不火的成都,
一首诗,熬尽了黑天与白夜。
草市街楼房长得很快,
水泥长成森林,草已稀缺,
再也找不到一根,
可以救命。

红照壁

我的前世,
文武百官里最低调的那位,
皇城根下内急,把朝拜藩王的仪式,
冲得心猿意马。照壁上赭色的漆泥,
水润以后格外鲜艳。

藩王喜红，那有质感的红，
丰富了乌纱下的表情，
南门御河上的金水桥，
以及桥前的空地都耀眼了。
照壁上的红，
再也没有改变颜色。

红照壁所有恭迎的阵势，
其实犯了规。这里的皇城，
充其量是仿制的赝品。
有皇室血统的藩王毕竟不是皇上，
皇城根的基石先天不足，
威仪就短了几分。
照壁上的红很真实，
甚至比血统厚重。
金戈铁马，改朝换代，
御河的水，流淌一千种姿势，
那红，还淋漓。

我的前世在文献里没有名字，
肯定不是被一笔勾销，
而是大隐。
前世的毛病遗传给我，
竟没有丝毫的羞耻和难堪。
我那并不猥琐的前世，

官服裹不住自由、酣畅与磅礴，
让我也复制过某种场景，
大快朵颐了。我看见满满的红，
红了天，红了地，
身体不由自主，蠢蠢欲动。

一垣照壁饱经了沧桑，
那些落停的轿，驻足的马，
那些战栗的花翎，逐一淡出，
片甲不留。
红照壁也灰飞烟灭，
被一条街的名字取代。
壁上的红，已根深蒂固，
孵化、游离、蔓延，
可以形而上、下，
无所不在。我的来生，
在我未知的地方怀抱荆条，
等着写我。

九眼桥

第九只眼在明朝,
万历二十一年的四川布政使,
把自己的眼睛嵌进石头,
在两江交合最激越的段落,
看天上的云雨。
另外八只眼抬高了三尺,
在面西的合江亭上,
读古人送别的诗,
平平仄仄,挥之不去。

这都是改朝换代之后,
明末战乱死灰里的复活。
年轻的清的祖上,还在缅怀,
九眼桥过往的绯闻。
那些碎末花边,
不敌秦淮河的香艳,
没有后来的版本记录。
河床上摊开的意象,
又裹了谁的尸体?

一个喷嚏就到了现代，
遗风比遗精更加前仆后继。
岸上的书声翻墙出来，
灯红酒绿里穿行，
跌落成不朽的闲言碎语。
八卦逍遥，一段过期的视频，
贴在桥头的人行道上，
一袭裙裾撩起的强烈暴动，
九只眼都闭上了。

薛涛在井边写过佳句，
也有了斑斑点点。
有些印记洗不干净了，
桥没有错，错是错的错。
有人说要来，害怕
误入九眼桥，被路边的男人，
祈求再来一次施暴。
我说只要不心怀鬼胎，
没人把你掳了去。

一座桥九只眼睛，
没有哪一只是真的闭上了，
一览无余。

南京,南京

南京,
从来帝王离我很远,那些陵,
那些死了依然威风的陵,
与我不配。

身世一抹云烟,
我是香君身后那条河里的鱼,
在水里看陈年的市井。
线装的书页散落在水面,
长衫湿了,与裙裾含混。
夫子正襟危坐,
看所有的鱼上岸,
没有一个落汤的样子。

秦淮河瘦了,
游走的幻象在民国以前,
清以前,明元宋唐以前,
喝足这一河的水。
胭脂已经褪色,琴棋书画,

香艳举止不凡。

不能不醉。
运河成酒,秦淮成酒,
长江成酒。
忽然天旋地转,恍兮惚兮,
不过就是一仰脖,
醉成男人,醉
成那条鱼。

长乐客栈床头的灯笼,
与我的一粒粒汉字通宵欢愉。
我为汉字而生,最后一粒,
遗留在凤凰台上,
一个人字,活生生的人,
没有脱离低级趣味,
喝酒、打牌、写诗,形而上下,
与酒说话与梦说话,
然后,把这些话装订成册。

在南京,烈性的酒,
把我打回原形,原是原来的原,
从哪里来回哪里去,
没有水的成都不养鱼,
就是一个,老东西。

屋檐下的陌生人

屋檐下住了两个人，
裂了缝的土墙，隔不住
夜半的呼噜与咳嗽，
尿滴瓦罐的单调。
我是一个，另一个，
从来不和我说话。

另一个的头，
重锤样倒挂在胸前，
背上砸出巨大的疙瘩，
人们叫他"驼子"。
我不能，他年过花甲，
我十八岁的腰身，
扛不住。

三个三百六十五天早晨，
门前一把择好的蔬菜，
来自他的自留地。
喊他，不应，

打招呼，不理，
心安理得了。

离开那天，
我迎上前："大爷，我走了，
我会回来看你！"
他脸上僵硬的肌肉在蠕动，
不易觉察的微笑，
潮湿了我的眼。

模糊了安过身的地方，
突然想起向来人打听，
说他死了，死好多年了。
那天，天空下着雨，
我漫无目的走到天黑，
黑得让所有的街灯和人，
都看不见我。

白喜事

死人了,
请个草台班子,
把哀思在花圈堆放的空地,
弄出点动静。

杂耍、跟斗、吹拉弹唱,
吊唁的人闻声而来,
认识和不认识的,
只一句"节哀顺变",
就自娱自乐。

剥花生嗑瓜子扯把子,
弦歌一浪高过一浪。
生前最亲近的人,
在白布单覆盖的那人面前,
守夜——"让我再看你一眼"

露天手搓的麻将,
打的是"丧火",

赢钱和输钱,都斤斤计较,
几颗星星掉下来,
被当作九筒杠上了花。

披麻的戴孝的围了过来,
夸上几句好手气。
一大早出殡的队伍走成九条,
末尾的幺鸡,
还后悔最后一把,点了炮。

邻居娟娟

娟娟在夜店的台面上,坐。
20岁花季从事商务活动,
说自己是"台商",说完了一笑,
娟娟的笑,比哭难看。

摇晃的灯光,摇晃的酒瓶,
摇晃的人影摇晃的夜,
摇晃的酒店,
摇晃的床。

我见过娟娟的哭,
那是娟娟最初的时候。
她看见背后有人指指点点,
听见邻居甩门,发出很怪的声音。

娟娟的哭穿透坚硬的墙,
让人心生惊悸,
秋天的雨,在屋檐上,
一挂就是好多天。

过了一些日子,街巷清静了,
娟娟很少和邻居照面。
白天是娟娟的夜,
夜是娟娟的繁华,不为人知。

娟娟的名字,开始被遗忘。
有警察来过我们的巷子,
打听一个叫娟娟的人,
有人知道说不知道,
有人真不知道了。

娟娟回来过,
有人见到了娟娟。
后来,娟娟又被带走了,
那是白天。后来,

再也没有人看见她回来。

娟娟姓牛,长得好看,
高中读两年就辍学了。
张妈说她就不是读书的料,
李婶说,美人就不该
生在这个巷子里。

刑警姜红

一支漂亮的手枪,
瓦蓝色的刺激与诱惑,
在他腰间、手里,
在外衣遮挡的左腋下,
生出英雄的旋风。
他的故事行走在这个城市,
坏人闻风丧胆。

身高一米八二,光头男,
长相英俊、酷,
天生就电影里的正面人物。
我和他同届同门,

攻读法律。法条在他那里,
可以倒背如流,
就像自己身上的汗毛,
疤痕与胎记。

导师李长青说,
姜红还要长,
指他刑警总队长的职务。
那天没有征兆,
案发现场他被召回局里,
 "紧急会"只紧急了他一人。
两个武警过来下了他的家伙,
他没有挣扎、争辩,
没有惊慌与凌乱。

——"出来混都是要还的"
香港警匪片里的台词,
姜红如法条一样烂熟于心。
女孩儿一样的名字,
一个真男人,
勋章与手铐都闪闪发光。
姜红的红,与黑只有一步,
这一步没有界限,
就是分寸。姜红涉了黑,
 "近墨者黑"的黑,

黑得确凿。

多年过去了,我去探视他,
那是个柔软的春天,
姜红和自己办过的罪犯
关押在一起。还是一米八二,
光头,还是英俊。
我们相拥而抱,无语,
眼睛潮湿了,泪流不下来,
那天,离他刑满,
还有一百八十二天。

北京是一个遥远的地方

北京很遥远,
我在成都夜深人静的时候,
曾经想过它究竟有多远?
就像失眠从一开始数数,
数到数不清楚就迷迷糊糊了。
我从一环路往外数,
数到二百五十环还格外清醒,
仿佛看见了天安门、人民英雄纪念碑,

看见故宫里走出太监和丫鬟,
我确定我认识他们,
而他们不认识我。
于是继续向外,走得精疲力竭,
北京真的很遥远。

沙发是我的另一张床

黑夜是我的脸,
沙发是我的另一张床。
早出晚归在这个城市习以为常,
倦鸟择窝,身后尾随的目光、夜影,
被拒之门外。一支烟,斜靠在沙发上,
烟头的红灭了,眼睛闭了,
只有明亮的灯孜孜不倦地陪伴,
沙发上和衣而睡的梦。
好梦不上床,床上的梦,
即便春暖花开,也昙花一现。
还不如沙发上胡乱摆一个姿势,
结拜些鬼怪妖魔。
只有遭遇最黑的黑,
才能收获灿烂。

早晨起来,换一副面孔出门,
满世界风和日丽。

从天府广场穿堂而过

十六年的成都,
没有在天府广场留下脚印,
让我感到很羞耻。有人一直在那里,
俯瞰山呼海啸,车水马龙,意志坚如磐石。
而我总是向右、向左、转圈,
然后扬长而去。为此,
我羞于提及,罪不可赦。
那天,在右方向的指示牌前,
停车、下车、站立、整理衣衫,
从天府广场穿堂而过——
三个少女在玩手机,
两个巡警英姿飒爽,
一个环卫工埋头看不见年龄,
我一分为二,一个在行走,
另一个,被装进黑色塑料袋。
一阵风从背后吹来,
有点刺骨。

投名状

水泊梁山的好汉,
再也不可能成群结队了,
招摇过市与归隐山林都不可能。
我四十年前读过的《水浒》,
那些杀人越货的投名状越来越不真实,
轻若鸿毛。
而我,所有的看家本领,
只能在纸上行走,相似之处,
与水泊梁山殊途同归。
那天接了个熟悉的电话,
说江湖有人耿耿于怀,
有人指名道姓。
我不相信还有江湖,有团伙,
即使有也绝不加入。
老夫拿不出投名状,
离间、中伤、告密、制造绯闻,
诸如此类的小儿科,
不如相逢狭路,见血封喉。
所以,一笑而过的好,

他走他的下水道，
我写我的陋室铭。

盲点

面对万紫千红，
一直找不到我的那一款颜色。
有过形形色色的身份，只留下一张身份证。
阅人无数，好看不好看，有瓜葛没瓜葛，
男人女人或者不男不女的人，
都只能读一个脸谱。
我对自己的盲点不以为耻，
甚至希望发扬光大，
不辨是非、不分黑白、不明事理，
这样我才会真的我行我素，事不关己。
我知道自己还藏有一颗子弹，
担心哪一天子弹出膛，伤及无辜。
所以我要对自己的盲点精心呵护，
如同呵护自己的眼睛。
我要把盲点绣成一朵花，人见人爱，
让世间所有的子弹生锈，
成为哑子。

隔空

很南的南方,
与西南构成一个死角。
我不喜欢北方,所以北方的雨雪与雾霾,
胡同与四合庭院,冰糖葫芦,
与我没有关系,没有惦记。
而珠江的三角,每个角都是死角,
都有悄然出生入死的感动。
就像蛰伏的海龟,在礁石的缝隙里与世隔绝,
深居简出。
我居然能够隔空看见这个死角,
与我的起承转合如此匹配,
水系饱满,草木欣荣。

耳顺

上了这个年纪,
一夜之间,开始掩饰、躲闪、忌讳,
绕开年龄的话题。我恰恰相反,
很早就挂在嘴上的年事已高,
高调了十年,才有值得炫耀的老成持重。
耳顺,就是眼顺、心顺,
逢场不再作戏,马放南山,
刀枪入库,生旦净末丑已经卸妆,
激越处过眼云烟心生怜悯。
耳顺能够接纳各种声音,
从低音炮到海豚音,
从阳春白雪到下里巴人,
甚至花腔、民谣、摇滚、嘻哈,
皆可入耳,婉转动听。
从此,世间任何角落冒出的杂音,
销声匿迹。

50年代：五人诗选
The Fifties: An Anthology of Five Poets

在去阿姆斯特丹的飞机上

从北京到阿姆斯特丹，
起飞的滑行与落地的滑行，
在一部电影的半梦半醒之间变形。
马丁·麦克唐纳的《三个广告牌》，
让我不停地转换角色，
走不出舱门。
警察迪克森脸颊的伤疤，
警长威洛比自杀留下的信，
追凶母亲米尔德里德点燃的那把火，
更像是我自己身负重伤。
我在故事里固执地寻找，
那疤、那信、那把火之后，
有一双深藏愧疚、躲闪的眼睛。
我因此而病入膏肓，
被伤害被误解没有人可以幸免，
越接近真相，越是发冷。
此刻的阿姆斯特丹看着我，
我看着窗外已经醒来的风车和郁金香，
满怀感激。从天空到地面，
一次未曾设计的沉重的飞翔，

有了惊心动魄的抚慰。
即使季节模糊,遍地落英,
走出来,居然身轻如燕。

卢浮宫我没去见蒙娜丽莎

我在卢浮宫广场转了一圈,
知道蒙娜丽莎在里面。
她的微笑早已翻越高墙周游世界,
留在这里只是一朵,
不能开花结果的叹息。
好多人排队在等候她的接见,
我与她擦肩而过,走得义无反顾。
我在这里看她,
和在成都看到的她没有区别。
近在咫尺,丢失的是想象,
没有了想象的蒙娜丽莎,
最终的结局,在卢浮宫无疾而终。
我没有去见她,不遗憾,
我珍惜她笑不露齿藏匿的神秘,
给自己签发一张通行证,
出入无人之境。

50年代：五人诗选
The Fifties: An Anthology of Five Poets

凯旋门的英雄主义稀释了

香榭丽舍大街漫长的上坡，
截止在戴高乐广场的凯旋门前，
在这里逗留的很多人，都是过客，
比天上的游云肤浅。
法兰西的战事烟消云散，
曾经凯旋的骄傲越来越模糊，
模糊成门前那些形形色色的摆拍，
轻易地把别人拉进我的镜头，
我同样很轻易地被别的镜头掳走。
凯旋门的英雄主义稀释了，
英雄怀抱的人间烟火，在巴黎
闲适和优雅、诗意与浪漫，
就像我的成都，所有生活都是美学。
咖啡店的咖啡很浓，
酒吧里的酒很淡，
法国香水熏香的巴黎的风，
从凯旋门十二个方向扬长而去，
有一个指向清晰可见，
我的成都，太古里，九眼桥。

在巴黎圣母院听见了敲钟

不得不去巴黎圣母院,
密集的人群与鸽子填满了广场,
我在其中。我确信自己,
与信仰无关,与神无关,心动过速。
缓缓移动的队列,让我
一点点接近青春期重复了上百次的梦,
惊艳、野性、美好、善良,
那个深刻于心的暗恋。
恍惚之中,吉卜赛少女爱斯梅拉达,
在人堆里时隐时现,我久仰的神,
把我带入了教堂。
长椅上我和那些虔诚的祷告正襟危坐,
我想的不是他们所想,我的澎湃,
只有我自己能懂。
烛光辉煌,照亮我的正前方,
一个佝偻的老人步履蹒跚,
惊出我一身冷汗,仔细一看,
并不是卡西莫多。
此刻,教堂的钟声从天而降,
每一记敲打,都沉重如雷。

成都与巴黎的时差

七个小时颠倒黑白,
巴黎的夜,我站在阳台数星星,
数满了三位数就开始错乱。
那些似是而非的星星,
形迹可疑,北斗不是北斗,
天狼不是天狼。
只有织女素颜姣好,
与牛郎一起从地铁口出来,
扶摇直上。我鬼使神差,
一直尾随其后,行为有些诡异。
也不知是银河的哪一个入口,
我与织女打了照面,
优雅,彬彬有礼。
转身往下一看,艳阳成都,
灿烂得坦坦荡荡。
府南河与银河一个身段,
波光粼粼,也是繁星闪烁。
我看见另一个我,在河边,
与杜甫老先生把盏,醉眼迷离,
红,湿了锦官城。

欧阳江河

[创作谈]

关于近期诗作的几点感想

　　我极力回避把自己的诗歌立场表述为缩略的、定型的话语,因为诗歌写作所对应的真实世界,以及生命的基本处境,本身就不是定型的,而是正在生成、正在变化的。我希望通过诗歌写作,把文本后面、修辞后面、诗句后面的复杂生命状态,把我对世界的理解呼唤出来,提取出来。诗歌写到深处和妙处,有如手中拿着一把词之剑,剑气指向剑锋达不到的地方,就像灯光远远地超出了一个小小的灯泡的范围,词的精神会延伸到事实触碰不到的地方。词的灰尘被抖掉了,锈剥落了,词变成了铁。

50年代：五人诗选
The Fifties: An Anthology of Five Poets

诗歌写作的原创性，我想这不是美不美、好不好的问题，而是合不合适的问题。当代写作怎么才会抵达原创性？我本人近年来一直在写长诗，因为长诗有一种写作能量上的、思想强度上的持续性，可以把我所关注的许多诗歌以外的，文化的、文明的东西容纳进去。这么做难度非常大，是深不可测的挑战，凝聚着当代诗歌写作里最尖端的东西。它的影响，它对汉语的深刻改变，需要一个比较长的时段才能看出来。中国当代诗歌写作相互的影响已经越来越近了，已经形成一种大家可以马上就拿来用的模式化的潮流化的写作方式，怎么组织句式，怎么提炼主题，怎么搭配，乡愁搭配多少，现代性搭配多少，城市生活搭配多少，孤独搭配多少，传统搭配多少，搭配出来的东西不是原创性的，这种东西越来越主宰当下中文诗人的写作。对此，我是有所警惕的。

我已持续写作多年，深知写作是甘苦寸心知的事。我们这个时代不是贫瘠的时代，而是一个过于富裕的时代，是盛世和乱世纠缠在一起的时代。我，作为一个诗人与这个时代的关系，是那种既对抗又理解，既陌生又熟悉的关系，它源源不断地刺激着我的写作。而且在淡出诗坛之后，我写作的江湖气没有那么重了，也没那么斤斤计较自己在诗坛上的影响力、现实利益以及可以兑换的东西，反而有着亡灵归来的状态，好像我到了不是诗歌的世界、不把诗歌当回事的地方走了一遭，身上多出了一些与世分隔的东西。这种种变化，不光涉及对世界、对同行的看法，也包括对自己的看法。特别重要的是，我对诗歌本身的看法也发生了某种变化，有一种乡愁一般的隔世的感觉。这些东西带入我新阶段的写作后，提供了一种超然于当下诗坛的评价体系、流行看法以及共有风格之外的自我辨识力，手感与直觉，我敢比它落后，或是比它超前，也可以比它错误，可以在文本中带入某些冒犯性质的、不管不顾的、刺激的甚至是野蛮的东西，亡灵般的东西。

我现在真正在乎的是我和写作之间更为赤裸裸的、更坦诚相见的东西。我现在一点点讨好的想法都没有了。这是我十年不写换来的一个东西——我和写作的关系变得非常单纯和超然。我享受写作本身，不想用写作来攫取什么东西。我在意的是对作为一种文明的汉语语言能带来什么新的东西。这个东西可能是旧的，是崇高的或是犯错的，是恭敬的或极具冒犯性的，这些我都无所谓，我想要带来的就是别人从未带来过的东西，那种我称之为原创性的东西。我将这种原创性称之为中文写作中的"原文"，它包含着我对真实世界的看法，但又融入了活的状态；它既是词语的东西，又是正在发生的、经验的、事实的东西，是新闻的东西，也是崇高和日常性的东西的结合，以及冰箱里冰镇过的那种不腐烂的思性秩序，和刚刚从水里蹦出来的鲜活之鱼身上那种发生学的东西，两者之间的互破和交相辉映。我把它们综合起来，然后把它变为原创性和原文。我有这样一个写作上的抱负。

我从所有这些现象的、直觉的层层叠叠中深凿出来的诗意主旨，蕴含着我个人的综合感受，即闭合，又开放。当然，就诗作的写作动因而言，我从中提炼出的那种观念的东西、诗意的东西，我希望它不是我个人的，而是带有一定的普遍性和他者性的一个东西。所以诗歌带给我的是超乎个人感受的东西，但也包含了个人的真切处境：写作的提纯过程本身，以及曲折多义的表达和呈现，建构了诗歌写作的自我。我想将此一文本自我的眼光、吸管、触觉，插入社会生活、人类事物这样一个真实世界的深处或浅表处，看诗歌有没有能量、力道去处理真实世界的乱象。由此抵达的语境呈现,我称之为写作与思想的状态。我希望它带着我肉身世界、感官世界的热度、剖析、狂喜和悲哀的蹒跚。我希望诗的写作,是获得与献出的两极。

只在诗歌文本中保留一些小清新、小悲哀、小感动的小品式样的东西,不是我想要的。卢卡契说过一句话:"大作家和大诗人,得有世界观。"真实的体验、对世界的总体看法和写作,这三种东西综合所建构出来的世界观,是大作家和一般作家的区别。一般作家可以没有世界观,他也可以写得很优美,表达真实意义上的自我。我对卢卡契的理解是,在表达真实自我时的世界观,是一个文本化了的世界观,它直接就是你的原创性。这个写作和塑造的过程,是一个世界和自我相互失去的过程。相互失去,构成了文本的世界和原创性,也就是我所说的"原文"。很多人说,写东西真实就行。但真实的概念是什么?对诗人而言,真实,指的是写作意义上根本真实。自我在这个过程中也许被虚化,它可能既是日常性的,又是精神性的,比如说司马迁的写作,他的肉身自我基本上就被虚化掉了,全部写到《史记》中去了,文本化了。所以他作为个人,作为日常生活中的原型形象就已经不重要了。这正是我希望自己成为的那种作家,比如说我的衰老,它究竟是什么,对我来说已经不重要了,但它化为我原文中很重要的一个诗学构成要素。所以最终它成为我世界观的一部分,而不是传奇性的一部分。我愿意在这个意义上表达一个真实的自我,以及我的世界观、诗学观。

我特别希望我的诗是写给一些对诗歌文本的难度有期待的、在智力上有挑战性的读者,希望大家不要怀着那种过去三十年所构成的诗歌审美惯性来进入我近期的文本,而是超乎诗歌既有标准之上,拿出某种带点野蛮的、疯狂的、不知所措的、开放性的阅读态度来读它。不要太早、太过轻盈、太想当然地下定论。我希望读者在阅读中留出一块空处来,留出一点茫然、不知所措、失败感来,留给正在写的诗歌,留给诗的原创性和开放性,以及它的不可测。这是我的一个期待。诗歌的黄金时代,肯定是写作原创性和阅读原创性的综合的时代。

诗人庞德说过,我当然希望我的诗歌有更多的人来阅读它、理解它和欣赏它,但如果没有那么多人来阅读、理解和欣赏,也没关系,就这样吧!这番话的背后不是高傲,而是代表着一种工作性质。像庞德这样的诗人,他首先听从召唤的,一定是他所理解的最严肃、最广阔、最深刻意义上的诗歌的内驱力。他的身上可能存在着好几个不同的时代,他要与之较量的诗人以及他期待着的理想读者,可能是个幽灵,比如但丁或者荷马,哪怕他们不懂他所使用的那门语言。这样的写作,通向阅读和传播的可能就是一个窄门,也许是通往地下500米的矿藏一样黑暗寂静的深处,而一定不可能是通向超市、电视台或者热闹的黄金时段档。这是诗歌的宿命。

从这样的理解出发,我最看重诗歌的两点质素。

一是多大程度上体现了所生活时代的人的根本处境。中国当代诗歌在这一点上走得很远,因为它通过一个横向勾连,把日常性加入了进来:不仅仅处理优美的、好的东西,也处理不美的、不好的东西。这种处理不是风格化的改造,不是像把虫草变成一颗颗待售的虫草片一样,把日常生活改造成大家都能拿来用的片剂,而是保持生活的原汁原味,保留人的处境的根本质地。这是非常考验诗人才能的地方。

50年代：五人诗选
The Fifties: An Anthology of Five Poets

　　二是多大程度上开掘了母语的表现力。任何一种语言都在经历历史性变化，包括修辞变化、技术性变化、词性变化、表达变化等。可以说，诗歌的状况某种程度上就体现为词语的状况。诗歌是一种即使在母语里也需要翻译的东西。在今天这个时代，微信、微博、手机语言，不同的翻译语、科学用语，包括媒体语言，都对汉语的形态塑造有很大影响，带来了巨大的语言变化。当代诗歌对这种语言变化的敏感度如何，吸收能力如何？在终端的诗意或者反诗意上，又有怎样的综合能力？这是考量一首诗层次高下的重要标尺。对当代诗人来说一个很重要的挑战就是，如何在原创性的写作中提炼并表现出这个时代特有的语言和诗意，这也是我自己写作的使命之一。

■ 欧阳江河，1956年生于泸州市。诗人、诗学及文化批评家，北京师范大学终身特聘教授。1996年以来，先后出版了《谁去谁留》《大是大非》《长诗集》等13本中文诗集，以及文论集《站在虚构这边》。其诗作及文章被译成英、法、德等十多种语言，在国外出版了4本德语诗集，2本英语诗集，1本法语诗集。自1993年起，应邀在全球五十多所大学及文学中心讲学、朗诵。获第九届（2010）华语文学传媒大奖年度诗歌奖，第十四届（2016）华语文学传媒大奖年度杰出作家奖，《十月》文学奖（2015），以及英国剑桥大学诗歌银叶奖（2016）。

汉英之间

我居住在汉字的块垒里,
在这些和那些形象的顾盼之间。
它们孤立而贯穿,肢体摇晃不定,
节奏单一如连续的枪。
一片响声之后,汉字变得简单。
掉下了一些胳膊,腿,眼睛。
但语言依然在行走,伸出,以及看见。
那样一种神秘养育了饥饿。
并且,省下很多好吃的日子,
让我和同一种族的人分食,挑剔。
在本地口音中,在团结如一个晶体的方言
在古代和现代汉语的混为一谈中,
我的嘴唇像是圆形废墟,
牙齿陷入空旷
没碰到一根骨头。
如此风景,如此肉,汉语盛宴天下。
我吃完我那份日子,又吃古人的,直到

一天傍晚,我去英语角散步,看见

一群中国人围住一个美国佬,我猜他们
想迁居到英语里面。但英语在中国没有领地。
它只是一门课,一种会话方式,电视节目,
大学的一个系,考试和纸。
在纸上我感到中国人和铅笔的酷似。
轻描淡写,磨损橡皮的一生。
经历了太多的墨水,眼镜,打字机
以及铅的沉重之后,
英语已经轻松自如,卷起在中国的一角。
它使我们习惯了缩写和外交辞令,
还有西餐,刀叉,阿司匹林。
这样的变化不涉及鼻子
和皮肤,像每天早晨的牙刷
英语在牙齿上走着,使汉语变白。
从前吃书吃死人,因此
我天天刷牙,这关系到水,卫生和比较。
由此产生了口感,滋味说
以及日常用语的种种差异。
还关系到一只手,它伸进英语
中指和食指分开,模拟
一个字母,一次胜利,一种
对自我的纳粹式体验。
一支烟落地,只燃到一半就熄灭了
像一段历史。历史就是苦于口吃的
战争,再往前是第三帝国,是希特勒。

我不知道这个狂人是否枪杀过英语，枪杀过
莎士比亚和济慈。
但我知道，有牛津辞典里的、贵族的英语，
也有武装到牙齿的、丘吉尔或罗斯福的英语。
它的隐喻，它的物质，它的破坏的美学
在广岛和长崎爆炸。
我看见一堆堆汉字在日语中变成尸首——
但在语言之外，中国和英美结盟。
我读过这段历史，感到极为可疑。
我不知道历史和我谁更荒谬。

一百多年了，汉英之间，究竟发生了什么？
为什么如此多的中国人移居英语，
努力成为黄种白人，而把汉语
看作离婚的前妻，看作破镜里的家园？究竟
发生了什么？我独自一人在汉语中幽居
与众多纸人对话，空想着英语。
并看着更多的中国人跻身其间
从一个象形的人变为一个拼音的人。

玻璃工厂

1

从看见到看见,中间只有玻璃。
从脸到脸
隔开是看不见的。
在玻璃中,物质并不透明。
整个玻璃工厂是一只巨大的眼珠,
劳动是其中最黑的部分,
它的白天在事物的核心闪耀。
事物坚持了最初的泪水,
就像鸟在一片纯光中坚持了阴影。
以黑暗方式收回光芒,然后奉献。
在到处都是玻璃的地方,
玻璃已经不是它自己,而是
一种精神。
就像到处都是空气,空气近乎不存在。

2

工厂附近是大海。

对水的认识就是对玻璃的认识。
凝固,寒冷,易碎,
这些都是透明的代价。
透明是一种神秘的、能看见波浪的语言,
我在说出它的时候已经脱离了它,
脱离了杯子、茶几、穿衣镜,所有这些
具体的、成批生产的物质。
但我又置身于物质的包围之中,生命被欲望充满。
语言溢出,枯竭,在透明之前。
语言就是飞翔,就是
以空旷对空旷,以闪电对闪电。
如此多的天空在飞鸟的身体之外,
而一只孤鸟的影子
可以是光在海上的轻轻的擦痕。
有什么东西从玻璃上划过,比影子更轻,
比切口更深,比刀锋更难逾越。
裂缝是看不见的。

3

我来了,我看见,我说出。
语言和时间浑浊,泥沙俱下,
一片盲目从中心散开。
同样的经验也发生在玻璃内部。
火焰的呼吸,火焰的心脏。
所谓玻璃就是水在火焰里改变态度,

就是两种精神相遇,
两次毁灭进入同一永生。
水经过火焰变成玻璃,
变成零摄氏度以下的冷漠的燃烧,
像一个真理或一种感情
浅显,清晰,拒绝流动。
在果实里,在大海深处,水从不流动。

4

那么这就是我看到的玻璃——
依旧是石头,但已不再坚固。
依旧是火焰,但已不复温暖。
依旧是水,但既不柔软也不流逝。
它是一些伤口但从不流血。
它是一种声音但从不经过寂静。
从失去到失去,这就是玻璃。
语言和时间透明,
付出高代价。

5

在同一工厂我看见三种玻璃:
物态的,装饰的,象征的。
人们告诉我玻璃的父亲是一些混乱的石头。
在石头的空虚里,死亡并非终结,
而是一种可改变的原始的事实。

石头粉碎,玻璃诞生。
这是真实的。但还有另一种真实
把我引入另一种境界:从高处到高处。
在那种真实里玻璃仅仅是水,是已经
或正在变硬的、有骨头的、泼不掉的水,
而火焰是彻骨的寒冷,
并且最美丽的也最容易破碎。
世间一切崇高的事物,以及
事物的眼泪。

哈姆雷特

在一个角色里待久了会显得孤立。
但这只是鬼魂,面具后面的呼吸,
对于到处传来的掌声他听到的太多,
尽管越来越宁静的天空丝毫不起波浪。

他来到舞台当中,灯光一起亮了。
他内心的黑暗对我们始终是个谜。
衰老的人不在镜中仍然是衰老的,
而在老人中老去的是一个多么美的美少年!

50年代：五人诗选
The Fifties: An Anthology of Five Poets

美迫使他为自己的孤立辩护，
尤其是那种受到器官催促的美。
紧接着美受到催促的是篡位者的步伐，
是否一个死人在我们身上践踏他？

关于死亡，人只能试着像在梦里一样生活。
（如果花朵能够试着像雪崩一样开放。）
庞大的宫廷乐队与迷迭香的层层叶子
缠绕在一起，歌剧的嗓子恢复了从前的厌倦。

暴风雨像漏斗和漩涡越来越小，
它的汇合点直达一个帝国的腐朽根基。
正如双子星座的变体登上剑刃高处，
从不吹拂舞台之外那些秋风萧瑟的头颅。

舞台周围的风景带有纯属肉体的虚构性。
旁观者从中获得了无法施展的愤怒，
当一个死人中的年轻人被鞭子反过来抽打，
当他穿过血淋淋的统治变得热泪滚滚。

而我们也将长久地，不能抑制地痛哭。
对于我们身上被突然唤起的死人的力量，
天空下面的草地是多么宁静，
在草地上漫步的人是多么幸福，多么蠢。

去雅典的鞋子

这地方已经待够了。
总得去一趟雅典——
多年来,你赤脚在田野里行走。
梦中人留下一双去雅典的鞋子,
你却在纽约把它脱下。

在纽约街头你开鞋店,
贩卖家乡人懒散的手工活路,
贩卖他们从动物换来的脚印,
从春天树木砍下来的双腿——
这一切对文明是有吸引力的。

但是尤利西斯的鞋子
未必适合你梦想中的美国,
也未必适合观光时代的雅典之旅。
那样的鞋子穿在脚上
未必会使文明人走向荷马。

他们不会用砍伐的树木行走,

也不会花钱去买死人的鞋子,
即使花掉的是死人的金钱。
一双气味扰人的鞋要走出多远
才能长出适合它的双脚?

关掉你的鞋店。请想象
巨兽穿上彬彬有礼的鞋
去赴中产阶级的体面晚餐。
请想象一只孤零零的芭蕾舞脚尖
在巨兽的不眠夜踮起。

请想象一个人失去双腿之后
仍然在奔跑。雅典远在千里之外。
哦,孤独的长跑者:多年来
他的假肢有力地敲打大地,
他的鞋子在深渊飞翔——

你未必希望那是雅典之旅的鞋子。

谁去谁留

黄昏,那小男孩躲在一株植物里
偷听昆虫的内脏。他实际听到的

是昆虫以外的世界：比如，机器的内脏。
落日在男孩脚下滚动有如卡车轮子，
男孩的父亲是卡车司机，
卡车卸空了
停在旷野上。
父亲走到车外，被落日的一声不吭的美惊呆了。
他挂掉响个不停的手提电话，
对男孩说：天边滚动的万事万物都有嘴唇，
但它们只对物自身说话，
只在这些话上建立耳朵和词。
男孩为否定物的耳朵而偷听了内心的耳朵。
他实际上不在听，
却意外听到了一种完全不同的听法——
那男孩发明了自己身上的聋，
他成了飞翔的、幻想的聋子。
会不会在凡人的落日后面
另有一个众声喧哗的神迹世界？
会不会另有一个人在听，另有一个落日
在沉落？
哦，踉跄的天空
大地因没人接听的电话而异常安静。
机器和昆虫彼此没听见心跳，
植物也已连根拔起。
那小男孩的聋变成了梦境，秩序，乡音。
卡车开不动了

父亲在埋头修理。
而母亲怀抱落日睡了一会,只是一会,
不知天之将黑,不知老之将至。

歌剧

在天上的歌剧院落座
与各种叫法的鸟待在一起
耳朵被婴儿脸的春风吹挂在枝头

一百万张椅子从大地抛上星空
一百万人听到了天使的合唱队
而我听到了歌剧本身的寂静

一种多么奇异的寂静无声——
歌剧在每个人的身上竖起耳朵
却不去倾听女人的心

对于心碎的女人我不是没有下跪
合唱队就在身旁
我却听到远处一只孤独的小号

在不朽者的行列中我已倦于歌唱
难以恢复的美如此倦怠
从嗓子里的水晶流出了沥青

我听到群星的耳语
被春天的合唱队压了下去
百鸟之王在掌声中站起

但是远远在倾听的并非都有耳朵
众花的耳朵被捂住
捂不住的被割掉

神把割下来的耳朵
遗留在空无一人的歌剧院
椅子从舞台升上天空

是谁，把耳朵从大地上捡了回来
又把春天的狂喜递给开花的婴孩
——这是一百年后的春天

母亲,厨房

在万古与一瞬之间,出现了开合与渺茫。
在开合之际,出现了一道门缝。
门后面,被推开的是海阔天空。

没有手,只有推的动作。

被推开的是大地的一个厨房。
菜刀起落处,云卷云舒。
光速般合拢的生死
被切成星球的两半,慢的两半。

萝卜也切成了两半。
在厨房,母亲切了悠悠一生,
一盘凉拌三丝,切得千山万水,
一条鱼,切成逃离刀刃的样子,
端上餐桌还不肯离开池塘。

暑天的豆腐,被切出了雪意。
土豆听见了洋葱的刀法

和对位法，一种如花吐瓣的剥落，
一种时间内部的物我两空。
去留之间，刀起刀落。

但母亲手上并没有拿刀。

天使们递到母亲手上的
不是刀，是几片落叶。
医生拿着听诊器在听秋风。
深海里的秋刀鱼
越过刀锋，朝星空游去。
如今晚餐在天上，
整个菜市场被塞进冰箱，
而母亲，已无力打开冷时间。

暗想薇依

像薇依那样的神的女人，
借助晦暗才能看见。
不走近她，又怎么睁天眼呢。
地质的女人，深挖下去是天理。
煤，非这么一块一块挖出来，

月亮挖出了血,不觉夜色之苍白。
挖不动了,手挖断了,才挖到词语。
根部的女人,对果实是人质。
她把子宫塞进这果实,吃掉自己,
又将吃剩的母亲长在身上。
她没有面容,没有生育,没有钱。
而词已噤声,纵使肉身从存在
扩展到不存在,还是听不到自己。
那么,立在夕光中暗想片刻就够了,
别带回家乡过日子,
无论这日子是对是错都别过。
浪迹的日子走到头,中间有多少折腰。
北京的日子过到底,终究不在巴黎。
神我的日子,递给小我是个空茫。
因为这是薇侬的日子,
和谁过也不是梦露。
旧梦或新词,两者都无以托付。
单杠上倒挂着一个小女孩,
这暗衬的裙裾,雨的流苏,
以及滴里答啦的肢体语言。
她用挖煤的手翻动哲学,
这样的词块和黑暗,你有吗?
钱挣一百花两百没什么不对,
房子拆一半住一半也没什么不对。
这依稀,这弃绝,不过是圆桌骑士

递到核武器手上的一只圣杯,
一失手摔得碎骨。
众神渴了,凡人拿什么饮水。
二战后,神看上去像个会计,
但金钱并没有让一切变得更好。
账户是空的,贼也两手空空。
即使人神共愤也轮不到你
替她挨这必死的一刀。
词的一刀,比铁还砍得深,
因为问斩的泪哗哗在流,
忍不住也得强忍。
而问道的手谕,把苍天在上
倒扣过来,变为存在的底部。
薇依是存在本身,我们不是。
斯人一道冷目光斜看过来,
在命抵命的基石之上,
还有什么是端正的,立命的。

字非心象

天下读书人中有一个不识字的
但他会写,把书里的字写在滔滔江水上

50年代：五人诗选

把废字和哑字写入鸟嘴
把缺腿的字写成鸟爪
又从鸟浮提炼出字的菩提

他提着众花的头颅去见世面
开败了字的花儿妙笔

他看不见自己身上的高山流水
因为所有的清水浊水
都与雾豹和经卷混在一起

人的一生中写了多少错字呵

木简的字，以金文一写竟成天命
而一个古人风雅就风雅在
能以"二王"的字写下一张欠条
能把甲骨文写得如一只螃蟹
能把螃蟹爪子掰下来当钳子使

石碑里的鸟兽之身已非今世
多少个青蛙王子隐身于蝌蚪文
童心和童子手端坐在莲花上
邪恶也坐得端端正正

善，竟如佛骨一样盘卷坐起

又随日常万念化为无形
气息相吹，舞之蹈之
心之所是成为它所不是的
但那并非心象，而只是个执迷

致鲁米

托钵僧行囊里的穷乡僻壤，
在闹市中心的广场上，
兜底抖了出来。
这凭空抖出的亿万财富，
仅剩一枚攥紧的硬币。
他揭下头上那顶睡枭般的毡帽，
讨来的饭越多，胃里的尘土也越多。
胃飞了起来，漫天都是饥饿天使。
一小片从词语掰下的东西，
还来不及烤成面包，就已成神迹。
请不以吃什么，请以不吃什么
去理解饥饿的尊贵吧。
（一条烤熟的鱼会说水的语言。）
托钵僧敬水为神，破浪来到中国，
把一只空碗和一副空肠子

从文具到农具,递到我手上。
人呵,成为你所不是的那人,
给出你所没有的礼物。
一小块耕地缩小了沙漠之大。
我还不是农夫,但正在变成农夫。
劳作,放下了思想。
这一锄头挖下去,
伤及苏菲的地理和动脉,
再也捂不住雷霆滚滚的石油。
多少个草原帝国开始碎骨,
然后玉米开始生长,沙漠退去。
阿拉伯王子需要一丝羞愧检点自己,
小亚细亚需要一丝尊严变得更小,
女神需要一丝愤怒保持平静。
这一锄头挖下去并非都是收获,
(没有必要丰收,够吃就行了。)
而深挖之下,地球已被挖穿,
天空从光的洞穴逃离,
星象如一个盲人盯着歌声的脸。
词正本清源,黄金跪地不起。
物更仁慈了,即使造物的小小罪过
包容了物欲这个更大的罪过。
极善,从不考虑普通的善,
也不在乎伪善的回眸一笑。
因为在神圣的乞讨面前,

托钵僧已从人群消失。
没了他,众人手上的碗皆是空的。

抽烟人的书

只读抽烟人写的书
只买烟草抽掉的书
只花抽烟抽剩的钱

打火机将书里的字烧光了
剩下一本无字书
读,还是写:这是个问题

抽烟人的书,字是亮的
烟丝熄灭后,钨丝亮了
烟抽过的东西全都有了电
没抽的,继续待在黑暗里

钨丝和烟丝,哪个更亮?

红尘和灰尘
其中一个犯了烟瘾
想从书钱手上抢烟钱

50 年代：五人诗选
The Fifties: An Anthology of Five Poets

但书钱早被烟钱
花得只够买一份小报

不买书的人
把买书省下的金钱
攒起来办报
但风把报上的字也吹走了

昨日之日，不够读一份报
但足够读一百本书
今日之日，今人的书
全是古人写的

活字睁开眼睛
不解地看着盲人所见
鸟语，出现在死读书里

悠悠此生，读不完天下书
但足以把图书馆的书
从头写一遍

书写到一半时才有了书桌
烟抽得只剩一小截烟屁股时
还是没裤子穿

《资本论》的稿费

不够马克思的烟钱
大英图书馆烟雾蒙蒙
托洛茨基嘴边那支烟
倒过来抽未必是斯大林

地狱般的烟瘾升上碧云天
从报摊到图书馆
一路张贴着禁烟令
肺里的烟灰缸被扔了出来

头脑里有一只巨大的墨水瓶
从未写出的书,人人都在读
书读完了,却一字也没写

书的历史减缩成一份晚报
新闻被退回事件的发生
发生,被退回发生之前

以读报人的眼光看
书,是幽灵的事
提着断头,双手也被砍去
把死的东西写得活过来
眼睛写瞎,心写碎

尽可能久远地读
尽可能崇高地写

霍金花园

水墨的月亮来到纸上。
这古人的,没喷过杀虫剂
　的纸月亮呵。

一个化身为夜雾的偷花贼
在深夜的花园里睡着了。

他梦见自己身上的另一个人
被花偷去,开了一小会儿。

……这片刻开花,
一千年过去了。

没人知道这些花儿的真身,
是庄子,还是陶渊明。

借月光而读的书生呵,
竟没读出花的暗喻。

古人今人以花眼对看。
而佛眼所见，一直是个盲人。

从花之眼飞出十万只萤火虫，
漫天星星落掉在草地上。

没了星星的纽扣，花儿与核弹，
还能彼此穿上云的衣裳吗？

云世界，周身都是虫洞，
却浑然不觉时间已被漏掉。

偷花人，要是你突然醒来，
就提着词的灯笼步入星空吧。

一夜肖邦

只听一支曲子，
只为这支曲子保留耳朵。
一个肖邦对世界已经足够。
谁在这样的钢琴之夜徘徊？

可以把已经弹过的曲子重新弹奏一遍,
好像从来没有弹过。
可以一遍一遍将它弹上一夜,
然后终生不再去弹。
可以
死于一夜肖邦,
然后慢慢地、用整整一生的时间活过来。

可以把肖邦弹得好像弹错了一样。
可以只弹旋律中空心的和弦,
只弹经过句,像一次远行穿过月亮,
只弹弱音,夏天被忘掉的阳光,
或阳光中偶然被想起的一小块黑暗。
可以把柔板弹奏得像一片开阔地,
像一场大雪迟迟不肯落下。
可以死去多年但好像刚刚才走开。

可以
把肖邦弹奏得好像没有肖邦。
可以让一夜肖邦融化在撒旦的阳光下。
琴声如诉,耳朵里空有一颗心。
根本不要去听,心是听不见的,
如果有人在听肖邦就转身离去。
这已经不是他的时代,
那个思乡的、怀旧的、英雄城堡的时代。

可以把肖邦弹奏得好像没有在弹。
轻点再轻点
不要让手指触到空气和泪水。
真正震撼我们灵魂的狂风暴雨
可以是
最弱的,最温柔的。

寂静

站在冬天的橡树下我停止了歌唱
橡树遮蔽的天空像一夜大雪骤然落下
下了一夜的雪在早晨停住
曾经歌唱过的黑马没有归来
黑马的眼睛一片漆黑
黑马眼里的空旷草原积满泪水
岁月在其中黑到了尽头
狂风把黑马吹到天上
狂风把白骨吹进果实
狂风中的橡树就要被连根拔起

墨水瓶

纸脸起伏的遥远冬天,
狂风掀动纸的屋顶,
露出笔尖上吸满墨水的脑袋。

如果钢笔拧紧了笔盖,
就只好用削过的铅笔书写。
一个长腿蚊的冬天以风的姿势快速移动。
我看见落到雪地上的深深黑夜,
以及墨水和橡皮之间的
一张白纸。

已经拧紧的笔盖,谁把它拧开了?
已经用铅笔写过一遍的日子,
谁用吸墨水的笔重新写了一遍?

覆盖,永无休止的覆盖。
我一生中的散步被车站和机场覆盖。
擦肩而过的美丽面孔被几个固定的词
覆盖。

大地上真实而遥远的冬天
被人造的220伏的冬天覆盖。
绿色的田野被灰蒙蒙的一片屋顶覆盖。

而当我孤独的书房落到纸上，
被墨水一样滴落下来的集体宿舍覆盖，
谁是那倾斜的墨水瓶？

星期日的钥匙

钥匙在星期日早上的阳光中晃动。
深夜归来的人回不了自己的家。
钥匙进入锁孔的声音，不像敲门声
那么遥远，梦中的地址更为可靠。

当我横穿郊外公路，所有车灯
突然熄灭。在我头上的无限星空里
有人捏住了自行车的刹把。倾斜，
一秒钟的倾斜，我听到钥匙掉在地上。

许多年前的一串钥匙在阳光中晃动。
我拾起了它，但不知它后面的手

隐匿在何处？星期六之前的所有日子
都上了锁，我不知道该打开哪一把。

现在是星期日。所有房间
全部神秘地敞开。我扔掉钥匙。
走进任何一间房屋都用不着敲门。
世界如此拥挤，屋里却空无一人。

晚餐

香料接触风吹
之后，进入火焰的熟食并没有
进入生铁。锅底沉积多年的白雪
从指尖上升到头颅，晚餐
一直持续到我的垂暮之年。不会
再有早晨了。在昨夜，在点蜡烛的
街头餐馆，我要了双份的
卷心菜，空心菜，生鱼片和香肠，
摇晃的啤酒泡沫悬挂。
清账之后，
一根用手工磨成的象牙牙签
在疏松的齿间，在食物的日蚀深处

慢慢搅动。不会再有早晨了。
晚间新闻在深夜又重播了一遍。
其中有一则讣告：死者是第二次死去。
短暂地注视，温柔地诉说，
为了那些长久以来一直在倾听
和注视我的人。我已替亡灵付帐。
不会再有早晨了，也不会
再有夜晚。

电梯中

电梯就要下降，苹果递了过来
作为对想象力的补充。挤出人群
你就能进来。要是上班到得太早，
苹果还在树上，正如新一代拒绝成长。

你以为电梯下降时他们会留在天空中？
要是你上班来迟了，就索性再迟一些。
接班的含义是，两个紧紧相挨的座位
彼此交换了运气和门牌号码。

权力有一张终于被忘记的脸，

它是从打了记号的扑克挑选出来的。
一个挣钱比别人多的人总是缺钱花,
当他开始欠钱,就会变得阔绰起来。

你脸上的微笑是胶水粘上去的,
我能从中闻到一股化学变化的气味。
你哭泣的样子像是假装在哭泣,
你真的以为泪水是没有骨头的吗?

带上你的女儿,美容院
能从她的美貌去掉不断成长的美。
但是剩下的依然在成长,衰老不过是
美在变得更美时颤栗了。

这一切只能从心灵去解释。
整座城市压在你的身上,超出了
心脏病的重量。为什么是在天空中?
苹果突然坠落,电梯来不及下降。

毕加索画牛

接下来的两个星期毕加索在画牛。
那牛身上似乎有一种越画得多
也就越少的古怪现象。
"少,"艺术家问,"能变成多吗?"
"一点不错。"毕加索回答说。
批评家等着看画家的多。

但那牛每天看上去都更加稀少。
先是蹄子不见了,跟着牛角没了,
然后牛皮像视网膜一样脱落,
露出空白之间的一些接榫。
"少,要少到什么地步才会多起来?"
"那要看你给多起什么名字。"

批评家感到迷惑。
"是不是你在牛身上拷打一种品质,
让地中海的风把肉体刮得零零落落?"
"不单是风在刮,瞧对面街角
那间肉铺子,花枝招展的女士们,

每天都从那儿割走几磅牛肉。"

"从牛身上,还是从你的画布上割?"
"那得看你用什么刀子。"
"是否美学和生活的伦理学在较量?"
"挨了那么多刀,哪来的力气。"
"有什么东西被剩下了?"
"不,精神从不剩下。赞美浪费吧。"

"你的牛对世界是一道减法吗?"
"为什么不是加法?我想那肉店老板
正在演算金钱。"第二天老板的妻子
带着毕生积蓄来买毕加索画的牛。
但她看到的只是几根简单的线条。
"牛在哪儿呢?"她感到受了冒犯。

一分钟,天人老矣

一分钟后,自行车老了。
你以为穿裤子的云骑车比步行快些吗?
你以为穿裙子的雨是一个中学教员吗?
一分钟,能念完小学就够了。

一分钟北大，念了两分钟小学。
一分钟英文课，讲了两分钟汉语。
一分钟当代史，两分钟在古代。
半封建的一分钟。半殖民的一分钟。孔仲尼
或社会主义的一分钟。
一分钟，够你念完博士吗？
一小时，一学期，一年或一百年
都在这一分钟里。
即使是劳力士金表也不能使这一分钟片刻停顿。
春的一分钟，上了发条就是秋天了。
要是思春的国学教授不戴瑞士表
戴国产表会不会神游太虚？
一分钟后，的士老了。
公交车的一分钟，半分钟堵了一千年。
北京市的一分钟，半分钟在昌平区。
美国梦的一分钟，半分钟是中国造。
全球通的一分钟，半分钟就挂断了。
这喂的一分钟，HELLO的一分钟。
宇宙在注册过的苹果里变小了，变甜了。
咬了一口的苹果，符合
本地人对全球化的看法。就这一点点甜，
苹果西红柿在里面，印度咖哩，意大利奶酪
全在里面了。
贝克汉姆也在里面。
一分钟辣妹，甜了半分钟。

一分钟快感,慢了半分钟。
一分钟OK,卡拉了半分钟。
一分钟,歌都老了,不唱也罢。
但是从没唱过的歌怎么也老了?
叫我拿那些来不及卡拉
就已经OK的异乡人怎么办呢?
过了一分钟,火车老了。
又过了一分钟,航空班机也老了。
你以为一分钟的烤鸡翅
能使啃过的事物全都飞起吗?
一分钟,用来爱一个女人不够,
爱两个或更多的女人却足够了。
一分钟落日,多出一分钟晨曦。
一分钟今生,欠下一分钟来世。
一分钟,天人老矣。

舒伯特

三千里浮花开在静谧如深海的肉身
落花里面的开花之轻,之痛
在玉的深处如瓷器般易碎

坐在铜和碎银子的光学信号里听佛身上的一场雪
佛怀抱里的灰尘安顿下来
词的初月尚未长出铁锈
夜色像刚刚挤过的柠檬一样发涩

而我们坐在一杯柠檬水里听舒伯特
坐在来世那么远的月色里听佛的咳嗽声
以为这就是现世
的至福

并且我们从舒伯特和佛的相对无言
听到了砧板上剁肉馅的声音
以为吃剩的饺子像婴儿一样会哭
即使是佛的心肠也不忍打扰这哭声
即使我们给了这些哭声一个不开花的开关

当落花的泛音从无氧铜泛起
当音乐会的固定座位被塞进一只手提箱
佛身上的他乡人
一起动了归心
鹤，止步于那些胎儿萌动的女人

坐在古代的子宫暗处
坐在底片那么黑的静谧里
一个拉大提琴的统治者和一个不拉的

其中一个仁慈些吗?

请允许我在不是我的那个人身上听舒伯特
从人体炸弹的恐惧深处听舒伯特
带着负罪感听舒伯特
念着孔子曰听舒伯特

请允许我从钢琴取出一具箜篌
从佛的真身取出一个虚无
听一个从未诞生的胎儿
弹奏他的父亲
听一百年前的独裁者弹奏前世今生

一个孤魂演奏的舒伯特
会是什么样子?
十分钟的孤独,他会弹上一百年吗?
要是我们从来就没有听过舒伯特呢?

纸房子

一座盖在明信片上的房子
寄到远方之后,仍在原地屹立不动

纸上建筑,拿水泥一抹竟是真的

土地也可以是一片云,挪移到纸上
盖上邮戳寄走。几片雪花
足以使房子和土地飘飞起来

老房子人进人出,但门敲叩无声
时间上了锁,但锁芯已经坏掉
钥匙转动时,明月也感到头晕

你打开空,点了点锁芯里的词造物
有几颗是人造心脏。这么一座
盖在纸上的房子,却有着水泥

和砖头的肯定性,浪花被玻璃固化
水母轻若烟云,穿上沥青外套
建筑师年少轻狂,将蚊子和金龟子

从图纸放飞出去,也不知词与铁
孰轻孰重。童音的变声夜
地方戏的嗓子清空了歌剧

混凝土把柏拉图头脑里的洞穴
递给飞翔,水里的鱼
被盖成鸟儿的样子,却不去飞

水电工将导电之手伸进风暴眼
伦理，按真理与妄言的恰当比例
建造起来，神与人，构成孤立

走了神的乌托邦，以及家长里短
逼着砖瓦工讲黄段子
砖混骨架，变得有血有肉

要是以来世的目光看待现世
把末日倒过来看，从月亮的盈满
看到光的雪崩，看到善的亏欠

以及真的佯谬，钥匙会在锁芯里
停止转动吗？老房子在大地上的消失
和纸上的重建，两者都是未知

掏真金支付这个幻象吧
空，有时会自动投身于建设
你会将纸房子移到土地上去盖吗？

早起,血糖偏高

在早餐的蒸蛋里,那晨星般
撒下盐粒,又让老男人凝结的东西
变成了糖。天下盐,丢了谁的天下

这一天,广场空无一人
急诊,排起了长队
风吹来芳香的、意识形态的苹果醋

四环上,有人驾驶一枚鸡蛋壳
逆时空一路狂奔
五十年代的膀胱缓缓升空

隔着防火墙捏鼻,还是能闻到
三千里外的闷骚狐狸:孩子们
从搜狐网朝阿里巴巴撒尿

为憋尿时代建一座纪念碑吧
为头脑里的小便订购一只抽水马桶
因为杜尚先生要来,签下他的大名

50年代：五人诗选
The Fifties: An Anthology of Five Poets

在文明这具恐龙的骨架上
我们一生的甜蜜劳作
工蜂般刺入花的血滴

在花脉深处，药片吞下烈日
甜的陈腐照耀着大地
甜的吸血鬼相见欢

胰岛素，这液体的针尖王子
以医学的目光打量尘世
避开了冰淇淋皇帝的邀宠

糖衣炮弹打开甜的内部构造
揪出一堆的厨子和胖子
有的得了厌食症，有的想要转世

而贪吃糖果的男孩
像个无辜的天使站在地球仪上
并不知道甜去了哪里

伤感是多余的，但又必不可少
甜的哲学被苍蝇飞过之后
再也不能飞得像一只翠鸟

八大山人画鱼

鱼,游出词的骨头
在阳光的垂直照耀下

迷幻地待了一小会
然后,游回词的无处安身

鱼以词的身体,在地上
活蹦乱跳,它刚刚离水

八大山人想吃鱼
但山中无鱼,只好画鱼

渔夫觉得不像
抓了条活鱼放进画里

一条真身入画的鱼
反而更不像了

鱼像了词,像了别的东西

不再是它自己

在词的身上,鱼不过是
词的无处安身

彻底安身,也就彻底死了
鱼在地上,一动不动

谁会是一条真鱼呢?
如果它不是

八大山人画过的同一条鱼
早已被渔夫捕获

鱼听从了词的放逐
眼睛,在水墨中瞪着

词没有的东西,物也没有
如果有,它会自己现身

比如,一只孔雀
会慢慢出现在鱼的肺部

鱼在纸上游来游去
而不是水下

孔雀肺一呼一吸
直到空气全无

文明的幽暗
对鱼的孔雀是个诱惑

它刚要开屏
却被浪花溅了一身

鱼忘记了八大山人
从水的抽象游入博物馆

鱼也忘记了渔夫
且在阳光中待得太久

老相册

黑鸦没有右手,却有两只左手
手与手隔世相握, 桃花换了人面

换谁都是两手空空

天人对坐,催促灰心

影子从屋顶明月缓缓降下
这埋入土地的天空呵

一大片黑影子扑腾着白雪的翅膀
一枚分币敲打安息日的心

在底片上,黑鸦像个职业摄影师
对着一场大雪,按下阳光的快门

谁将这无人的椅子坐在花里
谁命令我坐下,命令一百年的雪坐下

夏天过去了。乌鸦和雪还坐在那里
而我坐过的椅子上坐着一个无人

开耳

钥匙从天上掉到地上的声音
捡起来一听
里面有个上了锁的歌喉

甚至从未打开过自己的囚徒
也在转动这片钥匙
试图打开被锁死的上帝

甚至闪闪烁烁的萤火虫
也从耳朵监狱的内部
点亮了一个天听透雕

有人在途穷处偷听这个天听
有人将手的日子往耳朵里塞
有人捂住转世的耳朵

天上的钢琴掉落下来
砸到童子功头上落花纷纷
十万个琴师的头上只有这一个灵童呵

每个天才的身边都坐着一个账房先生

我看到物质之美的孤立
我听到采采卷耳在发愣
迷魂被销魂一弹，顿时断魂

你得弯曲直觉才有听觉
你得走出听觉才能听到黑暗

你得待在黑暗中才能开耳

因为众人身上的耳朵皆是聋子
一种静极的发自子宫的声音
如同被哑巴所唱出

汨罗屈子祠

魂兮墨兮　一片水在天的稻花
大地的农作物长到人身上
一国的黑风衣中有一只白袖子
湘夫人衣冷　湘君内热　渔父坐忘山鬼
而抱坐在大轮回上的芸芸众生
以万有之空转动一个圆满
破鬼胆　如昆虫变蝶
渐变了一千年　始终没变成突变
屈子投水　众神在水底憋气
人的孤注下下去
必有神的生死
天注一怒　降下大雨和大神咒
但天问是问童子　还是问先生？
有什么被深深憋回了土地的盐铁

硬憋着　也不冒出水面透气
也不在水中鱼的身上换肺
也不用鱼吃掉的声音去听天
悲回风兮　有人哗啦哗啦　往下掉鱼鳞
有人把夜读的椅子坐到中枢神经上
大风把万人灰的帝王骨头
挖出来吹　往地方官的脸上吹
地方债若非哗哗流淌的真金白银
国殇又岂是梨花砌雪的大倥偬

李琦

[创作谈]

火柴与烛光

我曾在《李琦近作选》的自序里写过:"诗歌写作像擦拭银器的过程,劳作中,那种慢慢闪耀出来的光泽,会温和宁静地照耀擦拭者的心灵。"这是我的真实体会。茫茫岁月,滚滚红尘,在属于我的这场人生里,给我带来最大安慰、我最为持之以恒的一件事情,就是诗歌写作。

我出生并成长在北国边城哈尔滨。这是一座有异域风情、曾经"华洋杂处"的城市,从文化到生活方式,这座城市开放、包容,受俄罗斯、法国、犹太人影响很大。我个人成长的历史也是如此。回首往事,我此生读的第一本诗集是普希金的《欧根·欧涅金》。那时我十三岁。我到

50年代：五人诗选
The Fifties: An Anthology of Five Poets

现在也忘不了当时那种感觉，激动得真是坐立不安。我有了一个少女从未经历过的种种复杂情感——忧伤里混杂着兴奋，难过中掺兑着美好。我为达吉亚娜一遍遍流下泪水，为诗歌语言呈现的意境心驰神往。诗歌是这么动人，仿佛是一个不动声色的奇迹。那本书开启了我对诗歌创作的向往，也揭开了我浮想联翩岁月的序幕。我有了写诗的冲动。我小心翼翼，兴奋又紧张地开始了一些情不自禁地模仿。第一首"诗"的"诞生"，就是我十四岁生日那天。就是在那时，我觉得未来的一切都应该和诗歌有关。果然，我得到了命运的加持，这一生尽管平凡，却一直是被诗歌的月光照耀着。

应该说，是对那些大诗人大作家如饥似渴的阅读，完成了我的文化启蒙。尤其是白银时代那些俄罗斯诗人。他们的庄严、雍容、贵重，盛大的才华和天鹅一般的精神姿态，成为我价值观、人生信念里一块重要的地基。我对于灵魂、自由、正义、艺术、美、爱、苦难这些神圣字眼的理解，有相当大的比重来自俄罗斯艺术家的赐予。他们就像一群青铜雕像，经年矗立在我心灵的广场。

1993年，我有了一次去俄罗斯旅行的机会。那真是一次重要的旅行，对我的写作应当说有了一种无形的助力。我终于去了对我来说具有特殊意义的陌生又熟悉的国度。

二十多天的时间里，我沉浸在一种感动中。在普希金的皇村，在阿赫玛托娃、曼德尔施塔姆、茨维塔耶娃留下踪迹的地方，在那些纪念馆、故居、博物馆，看到他们生活过的那些痕迹，听那些关于他们的讲述，每一天都深受触动。作为来访的中国作家，我们有幸接触了各种各样不同阶层的俄罗斯人，尤其是作家与诗人,感受了俄罗斯作家在国家转型、变革时期的生活和精神状态,也和他们有过公开或私下的各种交流。我随身带了一本茨维塔耶娃中文版的《致一百年以后的你》(外国文学出版社),在诗人出生和生活的地方,感受着她曾感受过的风物。在她的国家,听她的同胞讲她的遭遇,再读她的诗,让我百感交集。那天,去莫斯科作家协会座谈,一位俄罗斯作家瞥见了我大衣口袋里的诗集,他惊喜地认出那头像。接着,他望着我,开始用俄语朗诵她的一首诗。他刚一开头,坐在我对面的几位俄罗斯作家就都跟着他一起朗诵了起来。我不懂俄语,翻译老师那会儿恰巧没在,我到现在也不知道他们朗诵的是哪首诗。但数位俄罗斯作家神情庄重地齐诵一个诗人作品的场景,永远地留在了我的记忆里。我当时热泪盈眶,不知该怎么表达心头的激动。那个秋天,从莫斯科到彼得堡落叶金黄的皇村,从伏尔加河右岸到涅瓦河畔,真是一次荡涤精神的旅行。我看到了更为立体的、最初从文学作品里认识的一个国度,感知了孕育那么多人杰、精英、厚重动人的俄罗斯文明。我也对诗人、作家、艺术家的价值,有了更为深刻的认识。我觉得这次旅行,让我看世界的目光,变得开阔了一些。同时,我对那些缓慢、微妙、看上去平淡、其实包裹着许多隐秘的事物更为敏感了。正像我后来在《读茨维塔耶娃》中写到的那样——

> 一个诗人的诗和命运
> 让我看到人性诸多的秘密
> 以及以卵击石的凄美和壮烈

50年代：五人诗选
The Fifties: An Anthology of Five Poets

  我是在寒冷中长大的人。每年冬天，从西伯利亚来的冷空气，作风硬朗，让哈尔滨弥漫着风雪清冽、寒凉的气息。这是删繁就简的季节。松花江冰冻三尺，树木失去了叶子，好像昏了过去。季节的严酷，决定了这里的居民生活习性，这时，人们开始"猫冬"了。外化的、聚众的活动减少了，自己独处的时间变长了，私人生活相对更为隐秘。街道上，车与人都像默片时代的电影画面，悄然移动。尤其是大雪飘飞之时，楼宇披上了洁白的大氅，冰雪覆盖了往日的芜杂混乱。一个冰清玉洁的童话世界在眼前呈现了。这种寂寥的背景，变长的黑夜，特别适宜敛声静气地静思和自省，适宜阅读经典，书写信札，也让人不知不觉间，生出些忧郁和惆怅。

  这几年，很多亲友都选择天冷时到海南或者其他暖和的南方省份居住过冬。我不然，我是冬天的钉子户。每年冬天，都是我写作最有情绪，或者说创造力最旺盛的时候。我不愿外出，怕错过最大的那场雪。天地空旷，白雪茫茫，容易使人陷入思索、回味、浮想联翩。前尘往事，远方，未来，思虑和忧伤，心事一下变得豁达和深远。我会把自己包裹严实，穿上长靴和大衣，去我家对面大学的小树林里散步。有时，我还会打车到几乎没有游客的松花江畔，去看被封住的大江、被冻住的船只，去体味那种"嘎嘎冷"的凛冽和无声的寂静。

  写作是古老而又带有隐秘色彩的叙说方式，是和心灵相关的一种生命仪态，是个人精神史的记录。一首一首的诗，连接起来，其实就是我的人生历程。我没记得换过多少支笔，却已然从青年诗人变成中年并且准老年诗人了。真是时光如箭，岁月如梭。写作是对平庸生活的最好抵御。纸笔之间感受到的那种快乐,由心而来的字句,让我相信1984年诺贝尔文学奖获得者、捷克诗人雅·赛佛尔特说过的那句话:"使一个人幸福,有时并不需要很多东西。"

我没有能力在现实生活中"诗意地栖居",所幸在诗歌中找到了可以庇佑自己的屋檐。这么多年来,一边感受词语无边的魅力,一边体悟精神的丰盛和深邃。这种体验真是妙不可言!我想,所有真爱诗歌的人,都不会为自己的选择而后悔。写诗,让我们活得不慌张忙乱,不气急败坏,让我们心怀向善,找到了倾吐心事的最好方式。尤其是在如今这个看重利益、一切几乎都是市场化的世俗世界里,诗歌带来的那种心灵的战栗,那种如草药一般慢慢的疗效,那种大道如青天的召唤和指引,是多么宝贵!让人欲罢不能。

几年前的一天,我在家里收拾房间。忽然发现,我家的一些角落里,零零散散地存放了许多蜡烛。它们各式各样,有的用过,有的根本没用过。经年累月,我没刻意搜集,却从许多遥远之地带回它们,只是因为喜欢那烛光跳跃的时刻。北方的冬夜太过漫长,由此我对光亮和温暖,有着特殊的敏感。

我常常一个人点亮蜡烛,出神地望着它。那弱小的火苗,是火焰的最小单位。它们就像有生命一样,有节律地舞蹈。蜡烛与火苗真是完美的组合。蜡举着烛火,像双人舞里有力的男舞者正托举起娇小的舞伴。而那融化后凝固的烛泪,则是蜡烛幻灭的遗址。它们像微观的山丘,像袖珍而凝固的瀑布,也像润泽的宝石。其形貌纹理,都让人有一种触动和伤感。

对于我,诗歌就是卖火柴的小女孩手里的那些火柴。我不是小女孩了,甚至已经到了可以当祖母的年龄。可是,那些火柴还在，依旧是每一次划亮，都会让人怦然心动。在被称作刹那的时刻，美丽、光芒、暖意和梦想，大驾光临。一首首诗歌，对我来说，就是一根根火柴、一根根蜡烛。它们的光亮可能微弱而有限，带来的慰藉却如此经久而真实。尤其是，当大雪飘飞，气温下降，天冷、难过、四顾茫然、心怀期盼的时候。

■ 李琦，1956年出生于哈尔滨。14岁开始诗歌写作，1977年开始发表作品。出版诗集《天籁》《守在你梦的边缘》《最初的天空》《李琦近作选》《李琦短诗选》《这就是时光》，散文集《从前的布拉吉》《云想衣裳》等。曾获鲁迅文学奖、东北文学奖、艾青诗歌奖、人民文学诗歌奖等奖项。现居哈尔滨。

白菊

1996年
岁月从一束白菊开始

每天,用清水与目光为它洗浴
贞洁的花朵
像一只静卧的鸟
它不飞走　是因为它作为花
只能在枝头飞翔

从绽开之初我就担心
它打开自己的愿望那么热烈
单纯而热情　一尘不染
它是否知道　牺牲已经开始

我知道花朵也有骨骼
它柔弱却倔强地抒情
让人想起目光单纯的诗人
开放
这是谁也不能制止的愿望

从荣到枯
一生一句圣洁的遗言
一生一场精神的大雪

今夜　我的白菊
像个睡着的孩子
自然松弛地垂下手臂
窗外　大雪纷飞
那是白菊另外的样子

我最喜欢的这只花瓶

我最喜欢的这只花瓶
永远只装着
半瓶清水

有人奇怪　它是花瓶
为什么不装着花
我说，它装着花的灵魂

我经常出神地望着它
花就在我的眼睛里长了出来

动人而尊贵的花
就像童话里最美的公主
一经露面
就闪烁着震慑人心的光芒

有一天,我用它装满了雪
这是最没力气
在尘世开放的花朵
雪在我的瓶中化成了水
那伤心的凉
带着一种从天而降的纯洁

我的花瓶
它来历特殊
就像滚滚红尘里
一个与众不同的人

我的花瓶
举着我心中之花
在缺少美丽的现实中
隐姓埋名地
开放

特蕾莎修女

一个年迈的天使
一个只有三套衣服的女人
一个只为苦难活着的修女
她叫特蕾莎

那双手温柔地伸给
全世界的穷人、病人、孤独的人
她把神的爱变成花朵
变成绝望者眼里
重新蔚蓝的天空

耶稣在十字架上说,我渴
特蕾莎永远记住了这个声音
这声音一遍一遍重复响起
她把它听成
弃婴的哭泣
垂死者的呻吟
所有不幸者的声音
我渴我渴我渴

特蕾莎身材瘦小
特蕾莎满脸皱纹
特蕾莎变形的双脚
出入在世界各地低矮的茅棚
风吹起她朴素的印度布衣
她是一座
变成了修女的花园

我总能看见她的身影
当我看到江水、看到舒展的原野
当我看到远山的积雪
看到天边的云

特蕾莎

埙

与静夜、忧伤、月色的组合
埙，来自质朴而沉默的陶土
发出的声音
却悠然向云天弥散

躲在埙声里的心事
清凉,隐秘,不好道破
埙声悠悠的时候
风都伏在屋檐上,不动

嘱托我带回一只埙的人
是经年老友,他清高淡然
特别适合生活在宋代
这只埙,为了找他
蓬头垢面
已在那木架上,等了很久

我居住的地方

我居住的地方
总被人们习惯地形容为遥远
遥远的东北,遥远的边城
遥远得像被各种喧闹和名堂
剩下的地方

缺少亭台楼阁、古墓废墟

这里是古来流放和发配的地方
鲜见的历史遗迹
让人想起迟暮的美人
带着前朝残妆

很多地方依旧空旷而原始
空气里带着清冽的凉意
山谷里野兽出没
大江奔流，草木苍劲
冬天，披雪的山峰连绵逶迤
像人类的善行一样
带着独具的静穆和庄严

我喜欢这样，住在一个
很多人认为寒冷偏僻的地方
看各种热闹，在远处上演
门窗紧闭，悄悄地
我用文字的小火苗
一点一点，写暖自己
而后，轻轻地吹掉灰烬
看漫天大雪里，那些
茫茫的日子，茫茫的人群
茫茫的心事，茫茫的怅惘

下雪的时候

我每年都要写到雪
对于雪的热爱,在我
相当于旷日持久的爱情
那种清白,那种透彻之净
开始只是喜欢,而后逐渐迷恋
时至今日,已经接近于崇拜

看见雪花,心会有种隐秘的激动
下雪分明是寒冷的开始
却常让我心头一暖,时而还有
某种心酸的感觉
在人间逗留
见过太多的斑斓和芜杂
这单纯之白,这静虚之境
让人百感交集
让人内疚

下雪的时候,世界苍茫
微弱的雪花

像最小的善意、最轻的美
汇集起来，竟如此声势浩大
一片一片，寒冬的滞重
被缓慢而优美地分解了

我钟爱这样的时分
随着雪花的舞动
许多过去的好时光
一些铭心刻骨的时刻
会悄悄地回来

我会不断地写下去
那些关于雪的诗歌
我要慢慢写出，那种白
那种安宁、伤感和凉意之美
那种让人长久陷入静默
看上去是下沉，灵魂却缓缓
飘升起来的感觉

兴凯湖畔看众鸟迁徙

这是天高地阔的远方
空气之清新,一如远古的气息
中国东北,界湖浩瀚
晶莹的冰雪正在春光下消融

终于目睹,壮阔的候鸟大迁徙
"鸟群"两字,现了真身
一支支鸟儿的军队在天空布阵
数十万双翅膀,遮天蔽日
如同落地的大雪正返回天空

湖冈上,苇丛间,树林里
这是鸟儿的寺庙和广场
柔软的身体里,深藏着
金属般的气力。飞越千山万水
多少惊心动魄,悬念和痛楚
这些身姿轻盈的英雄好汉
硬是用翅膀,把湿润的南方驮来了

此刻，兴凯湖畔
世界是它们的。群鸟集会
以铺陈之势，以各种口音
隆重而酣畅的，向春天抒情

巨大的感召与兴奋
让我心如芦苇，随风而动
拾起一枚羽毛，我要记住
这个优美翱翔的时刻。回到
我生活的城市，写作的夜晚
那些连绵的，被无形之手按住的日子
这众鸟的气息，这通灵的翅膀
会一遍一遍，将我召唤
让我心上云端，念着远方，想着飞

山顶之风

没人看见过它，它却如此真实地
存在。像一种思想

这无形之物，此刻
正温柔如丝绸的手帕

但它到底是风啊,能量无边
只要它想,就会把那些
被形容为坚不可摧的事物
瞬间变得岌岌可危

山顶之风,此时
正俯身在一朵最小的花上
不知道它们交流了什么
只见那朵花心醉神迷
它要竭尽全力地盛开
直至粉碎

诗人

大雪如银,月光如银
想起一个词,白银时代
多么精准,纯粹。那些诗人
为数并不众多,却撑起了一个时代
举止文雅,手无寸铁
却让权势者显出了慌乱

身边经常有关于大师的

高谈阔论。有人长于此道
熟稔的话题,时而使用昵称
我常会在这时不安,偶尔感到滑稽
而此刻,想起"大师"这两个字
竟奇异地从窗上的霜花上
——地,认出了你们

安静的夜,特别适合
默读安静的诗句。那些能量
蓄积在巨大的安静中
如同大地,默不作声
却把雪花变成雪野

逝者复活,这就是诗歌的魅力
一群深怀忧伤,为人类掌灯的人
他们是普通人,有各种弱点
却随身携带精神的殿堂
彼此欣赏、心神默契
也有婚姻之外的相互钟情

而当事关要义,他们就会
以肉身成就雕像,具足白银的属性
竖起衣领,向寒冷、苦役或者死亡走去
别无选择,他们是诗人,是良心和尊严
可以有瑕疵,可以偏执,甚至放浪形骸

也有胆怯,也经常不寒而栗
却天性贵重,无法谄媚或者卑微

读茨维塔耶娃

年事越长,我对你的阅读,
越增添沉重和悲凉
回望你的命运,再读那些诗句
有时会有被雷击的感觉

那些诗句,像天鹅的翅膀
尊贵地掠过人世的湖面
诗人献出的,是绒毛般的温柔和暖
而面对的,往往是命运最粗暴的面孔

无路可走。当你诀别这个世界
是因为"我已经陷入绝境"
无法要求人变成钢铁,尤其是
当人面对着最黑的黑,最冷的冷

指间捧出过世上最纯净的爱
一个诗人的诗和命运

让我看到人性诸多的秘密
以及以卵击石的凄美和壮烈

此时,莫斯科正秋叶金黄
在你深为眷恋的这座城市
我四处张望,想从那些
迎面走来的人中,认出你

最后,我只能向天空仰望
我相信那尘世的高处
那云朵之中
包裹着你的气息和声音

我对自己充满了同情

我对自己充满了同情
在这座我生活了几乎一生的城市
很难再找到往事的痕迹
幼儿园、小学、中学、大学
或者消失、或者迁移、或者面目全非
连同那些动人的老建筑、教堂、小街
能让你望着出神的地方,越来越少

50年代：五人诗选
The Fifties: An Anthology of Five Poets

让你生气的事情，层出不穷
时代的橡皮巨大而粗鲁
旧时光体无完肤，正被——拭去

往事已无枝可栖，记忆的峡谷里
却仍有山峰、流水、摩崖与溶洞
那些若隐若现的细节，那些
昔日的声音，正滴滴答答
落在心思的钟乳石上

我常常站在一处处旧址之前
默念着一些名字。童年的伙伴
师长、同学、青春时代的恋人
你，你们，还有那些相关的味道、气息
分别来自教室、操场、电影院
当年的女生宿舍，还有
那曾让心跳加速的，某个男孩子的怀抱

是的，"一切都会成为过去"
可这伤筋动骨的速度，这种迫不及待
包裹着太多的粗暴、薄情、冷血和蔑视
下手之重，仿佛我们已经不配
再拥有往事，必须来路不明
眼看着那些逝去的岁月，落花流水
历史和记忆，先失去穹顶，再失去四壁
变成草芥粉末，似乎根本不值一提

风雪之夜看窗外

看车子像各种昆虫经过
看一对不怕冷的情侣经过
他们依偎着,像是彼此的部首偏旁
看一个醉汉摇晃着经过
三心二意,像一个正在拆开的汉字
看一张纸片瑟瑟地经过
看一顶破帽子擅离职守地经过

看北风经过
看月光经过
看2014年最后的时光
就这样悄然经过

再过些年,也有风雪之夜
我此时站着的这个位置
谁会在怅望。他或者她
能否想到,从前,一个平凡的诗人
心事重重,曾从这世上经过
想到这一幕,我举起手
算是提前,给后人打个招呼

50年代：五人诗选

青铜器

我每一次站在这些
青铜器面前，都会内心汹涌
久远的器物，已锈迹斑斑
华美的纹饰里
仍像蕴含着，某种能量
隐秘深沉的目光
苍劲老迈的气息

何其气派。作为礼器
在遥远的古代
那些肃穆的祭祀和庆典
那些与敬畏相关的
天真、礼仪、深沉和持重

我们有过那样的祖先
力拔山兮气盖世
他们有对于神明的虔敬
风花雪月，文韬武略
宽袍大袖里

是庄严深邃的心事

所以，那时需要青铜的器皿
一言九鼎，上善若水
苏世独立，横而不流兮
念天地之悠悠，看黄鹂和翠柳
坦荡荡的君子、怒沉百宝的妓女
诗人李白，仰天大笑出门去

青铜器带着千年的沉稳
声色不动，却让与它对视的我们
难过和羞惭。这个属于
我们的，到处是塑料的年代
分量和风度已经退位
许多事情，早已无关尊贵
世风之轻佻，已经让人无语

变老的时候

变老的时候，一定要变好
要变到所能达到的最好
犹如瓜果成熟，焰火腾空

50年代：五人诗选
The Fifties: An Anthology of Five Poets

舒缓地释放出最后的优美
最后的香和爱意
最后的，竭尽全力

变老的时候，需要平静
犹如江河入海，犹如老树腰身苍劲
回望来路，一切已是心平气和
一切已选择完毕
再无长吁短叹，双手摊开
左手经验丛生，右手教训纵横

变老的时候，犹如名角谢幕
身姿谦和，自信在心
眼角眉梢，深藏历练后的从容
幕帷垂落，丝竹声远
一切已是过眼云烟
唯有尊严的光芒，闪耀在日暮时分

变老的时候，是起身返回儿童
未必鹤发童颜，却更趋近坦率而纯真
我们在变老，而世界仍年轻美貌
一切循环往复，婴儿在啼哭
而那收留过我们笑容和泪水的人间
又一场轮回，正在声色里进行

你是我最好的朋友

"你是我最好的朋友。"女儿说
那一刻我竟有点受宠若惊
在她面前,我总是难以端庄
其实,我应该表现得更为矜持

从什么时候,代沟渐窄
先是各退一步,而后
又彼此逐渐走近。直到今天
两地相隔,声音只能从电话里传来

每次见面都成为欢聚的节日
身上衣裙,颈上围巾
从天下苍生到儿女情长
每一次都谈到体力不支

此刻,又是告别之时
女儿伏在我的肩头
说了上面的话,而后转身就走
她怕我看见涌出的泪水

你也是我最好的朋友,孩子
你甚至就是另一个我
我们前后辗转,分身而行
交替穿越这人间的风云

生活流程

从幼儿园到大学时代
熟悉的师生都说我"太有个性"
而今,我经常因无语而眼帘低垂
却会被认为是"随和可亲"

平庸的力量也可以水滴石穿
当初,多么不喜欢"妇女"这个词汇
如今坦然面对,前面还要相继冠以
"中老年"这般黯淡的前缀

那曾经有些爱我的男子
有的已成为友人,有的日渐陌生,
他们也都循规蹈矩地生活
分别是他人引以为荣的丈夫或者父亲

生活的惯性看似无意
却裹挟了太多的梦想和英姿
到最后，除去寥寥者信守依旧
多数人只剩下一声叹息，满脸倦容

这就是老了

这就是老了
从前就不茂密的头发
渐生白发，皮肤不复光洁
正日趋黯淡。还好
女儿她长大成人
正翠竹般摇曳生姿

能为你所做的一切
只能给我带来安慰
从你尚是婴儿，我在马路上
骤然昏迷，用最后的力气
举起你。那一刻就注定了
我不仅交出乳汁、精力、岁月
还情愿献上一切

这不该被称为牺牲
本该如此,不过是遵循了
最为古老自然的法则

你长大成人。聪慧,清秀
也算得上懂事。却依旧让我惦记
如今,我期望你健康、快乐
最好既无远虑,也无近忧
遇到自己喜欢的男子
茫茫人世,找到执手相伴的人

此刻,你可能正裙袂飘飞
走在北京东城的某一条街上
而我,在薄凉的哈尔滨初秋
正翻看你小时候的影集
我的身边,是个深情的
年过半百的男子。这个人
经常偏激而固执,老而弥坚
让我的一生,添了许多烦恼
却总是以他的脱俗和生动
让我一遍遍爱上。这个
总说要当严父,又屡屡食言的人
他是你的父亲

这就是时光

这就是时光
我似乎只做了三件事情
把书念完、把孩子养大、把自己变老
青春时代,我曾幻想着环游世界
如今,连我居住的省份
我都没有走完

所谓付出,也非常简单
汗水里的盐、泪水中的苦
还有笑容里的花朵
我和岁月彼此消费
账目基本清楚

有三件事情
还是没有太大的改变
对诗歌的热爱,对亲人的牵挂
还有,提起真理两个字
内心深处,那份忍不住的激动

霜花

从眼前的窗花向外张望
总能看见一条道路
这条路茫茫然,以文字铺成
这条路寒凉入骨,直通西伯利亚

霜花如此奇异,一些头像
形神兼备,甚至包括某些特征
这一扇窗户,竟富有魔力
直接通向那个逝去的时代
苦难,恐怖,大面积的压抑
忠诚,执着,不屈的未亡人
某些片段,就在这霜花里渐次呈现

那些手写体、俄语的名字
曾经被生硬地变成编号
连同他们的声音,他们的作品
被禁止,被诅咒,被粗暴地蹂躏
很多人,连坟墓都没有留下
问到下落,回答生硬而淡漠:已尸骨无存

很多年后，这世界许多角落
依旧有人，从各自的母语中读到那些文字
难道仅仅是书写的魔力？这种遇见
是电光石火，是抬头望见星空
是永恒现身，是忍不住哽咽
一下子，相信这世上确有神灵

今日腊八，哈尔滨零下三十三摄氏度
最冷的节令，想到那些
经历过世上最严酷时光的人
它们是雪花——被踩成泥淖，被说成黑
像是碎了，像是被砸进地狱
可你看，它们回来了，而且来自天堂
洁白、优美，带着轻轻地颤抖

被冻住的船

那些船，被冻在松花江边
一声不响，看上去
像一群逆来顺受的人

它们用整个冬天来回忆
那在大江里航行的感觉
仲春和风,盛夏艳阳,深秋的星夜
当船头划开波浪,那种姿态,那种声音

作为船,比起南方的同伴
它的体验更为多元,甚至接近深邃
肃立严冬,知晓季节的威力
那被形容为波光粼粼、随风荡漾的大江
一到冬天,把心一横,竟坚硬如钢铁
任凭汽车、人流在冰面行走
而骄傲的船只,它的浮力此刻毫无意义
只能接受冬天的苦役
如老僧入定,一动不动

寂静的松花江之岸,北风料峭
行人稀少,只有那些冻住的船只
在回忆,冥想,闭关修炼
漫长的冬天,让它有机会
一遍遍体会自由的含义
它必须耐心,在此扩大自己的心量
等待轮回,静候冰消雪融

世界

从前,我年轻,特别爱谈世界
我的向往和好奇,无边无际
世界之大,太多想去的地方
每次远行,兴奋得都有些慌乱

如今,我的世界
具体而琐碎,触手可及
就是眼前的饮食起居
包括常去的药房、书店、超市
年迈的父母,就是整个亚洲
要安于倾听,母亲的前言不搭后语
谨慎耐心,搀扶不能自理的父亲
艰难地下床,一步一挪
气喘吁吁,坐到他的老椅子上

流水的光阴,铁打的世界
我貌似已循规蹈矩,心生凉意
却依旧在世界的目光下,想象着世界
世界,你如此博大、绚丽、神秘

你的千般美好,你的险象环生
包括由你生成的各种遗憾,锥心之痛
依旧具有如此魅惑——
你地心引力般的沉沉召唤
你的深不可测,你的不可抵达

我对自己充满了同情

我对自己充满了同情
在这座我生活了几乎一生的城市
很难再找到往事的痕迹
幼儿园、小学、中学、大学
或者消失,或者迁移,或者面目全非
连同那些动人的老建筑、教堂、小街
能让你望着出神的地方,越来越少
让你生气的事情,层出不穷
时代的橡皮巨大而粗鲁
旧时光体无完肤,正被一一拭去

往事已无枝可栖,记忆的峡谷里
却仍有山峰、流水、摩崖与溶洞
那些若隐若现的细节,那些

昔日的声音，正滴滴答答
落在心思的钟乳石上

我常常站在一处处旧址之前
默念着一些名字。童年的伙伴
师长、同学、青春时代的恋人
你，你们，还有那些相关的味道、气息
分别来自教室、操场、电影院
当年的女生宿舍，还有
那曾让心跳加速的，某个男孩子的怀抱

是的，"一切都会成为过去"
可这伤筋动骨的速度，这种迫不及待
包裹着太多的粗暴、薄情、冷血和蔑视
下手之重，仿佛我们已经不配
再拥有往事，必须来路不明
眼看着那些逝去的岁月，落花流水
历史和记忆，先失去穹顶，再失去四壁
变成草芥粉末，似乎根本不值一提

和两位诗人参观犹太会馆

这一天,宁静的会馆
只有我们三个参观者,安静地
参观,凝望,在他人命运的痕迹前
脚步轻缓,心思郑重

什么能有岁月这么富有力量
一些重大的事件,最终
不过变成一条简介或注释
曾经的不可一世,包括
被定义的正确甚至伟大
烟消云散,而绵延流传的
永远是文明、尊严、辽阔而柔软的爱
还有,看上去纤弱单薄的那种美

比如,呈现这一切的——
那堵召唤一个民族面壁祈祷的哭墙
那些穿越岁月的眼神,以及
几句话,一本书,一阵歌声
或者,刚读了几行
就让人内心汹涌的诗句

路过少年宫

少年宫,三个字已经足够
让我驻足。三个琴键,按响了往事
时间倒转,昨日重来

我们十二个女孩子
正随着钢琴起舞,有人错了
又有人错了,无数遍练习
仅仅是一个出场,老师目光凛然
谁也不许错!你们就是一个人!

十二只小天鹅
十二枚树叶
十二朵雪花
十二棵小白桦

如今,十二个人里
有祖母、外婆
有伤痕累累、不肯再回忆往事的人
有早已改变国籍的故人

有连站立都成为奢望的患者
还有人，已经变成了墓碑上的姓名

我们曾是一个人，"红领巾舞蹈队"
最终，以不止十二种方式
各自飘零，经历不同的战栗
承担属于自己的命运

而那"少年宫"三个字，依旧冷静
甚至神秘，苍茫世事中，成为旁观者
此刻，它又看着我重新变成当年那个孩子
单薄而天真，正望着老师
她优美而严厉，来！孩子们
你们想象远方，抬头，再抬，往远处看……

喜鹊

生而为鸟，会飞，还发出鸣叫
就被认为是快乐的。尤其是
这一群，甚至是必须快乐
因为它们名叫喜鹊

喜鹊不知道自己的名字
它们萎靡地站在枝头，心事重重
就算站得很高，如今
雾霾重重，也无法看得很远
礼服般的羽翼，满是尘埃
和祖先相比，它们的确运气太差
没办法，我们遇到了困厄
它们遇上了我们

在杜甫草堂

这是2017年的初秋
草堂，风吹着一群诗人的心事
各种语言，郑重地礼敬一个名字
此刻，汉语因为他，有了分量和光芒

战乱、悲痛、穷愁、屈辱
还有什么，他不曾经历
万物、苍生、国难、家愁
还有什么，他不曾书写

他有过太多战栗的时候

他自己就是人民,茅屋漏雨
他牵挂所有颠沛流离的人
雨打肩头,他想起更多的冷

我羡慕那些住在成都的诗人
生活在此,等于拥有秘境
浣花溪畔,花径之上,树荫之中
或许,可以随风潜入
千年之前,那烛光如豆
属于他的夜晚

彼时,茅屋正为秋风所破
举家淋雨,那个衣衫褴褛的诗人
他正在仰望夜空,吟出名垂青史的诗句
而那声音,从草堂那个雨夜
带着最深的体恤和苍劲
时断时续,穿越了千秋的浩茫

飞过天山

没有翅膀,不具备飞翔的能力
此刻,我居然在天山之上

在飞机上俯瞰，在高处看高
除了震撼，还有一种慌张
会当凌绝顶。我凭什么
从这万山之巅上飞过
这算不算是，一种冒犯

雪峰，日光，大地的神迹
一万只法号庄严地吹响
那难以企及的浩瀚、苍茫
像巨大而凝固的孤独与悲伤
地球必须结实而厚重
它需要把这一切，沉稳地托起

这高于人间的圣洁与寂静
这收藏光阴与魂魄的地方

想起我在浑浊尘世的经历
所见所闻，何等的卑微
飞越天山，像是一种投奔
从低处而来，在高处羞愧

无法解释，为什么这么难过
尽管强作镇静，还礼貌地
回答了邻座的某个问题
泪水还是倏然无声，流出我的双眼

50年代：五人诗选
The Fifties: An Anthology of Five Poets

在这里，一切都是足够的

在这里，一切都是足够的
山峰，云朵，马匹和牛羊
不够的只是时间、精力、已然虚度的生命

在这里，有太多的丰盛和斑斓
原野，花朵，果实，各民族的习俗
还有那好听的卷舌音，眼角眉梢，舞姿与歌声

在这里，许多事物肃穆而神秘
清真寺的弯月，祈祷时的虔敬
长袍，头巾，经文，深井一样的眼睛

在这里，手拨琴弦，古老的史诗口授心传
叙说的人，倾听的人，惊心动魄的情节里
有鹰的呼吸，马的喘息，雪水开化的声音

在这里，食物与胃肠相互安慰
馕饼、奶茶，抓饭和煮羊肉
一日三餐，是为了有力气做好世上之人

在这里，也有愁肠百转，并非所有的勤劳
都能抵达富有。希望凉了又热
大风吹晃破旧的毡房，穷人哽咽认命，承受和坚韧

在这里，有太多让人心动的时刻
伊犁河畔，满面风霜跛足的哈萨克长者
纵身上马，留下的竟是少年的背影

在这里，大地是一部磅礴的经卷
以雪山、戈壁、绿洲、沙漠为章节
以带疼之爱，以胡杨、芨芨草、长睫毛为笔锋

在这里，适合到来不适合告别
转身之时，惆怅与伤感弥漫，不愿离开
那些吃苦的人，忧伤的人，面如旧书的人

在敦煌看壁画

你看那些神仙，不只端方持重
有时，还那么调皮，生动好玩儿
那些飞天，彩裙飘带，鼓瑟吹笙

披挂绫罗绸缎,云霞迤逦
风神之美,神秘,深邃
一片烂漫,让人心醉神迷

真是漂亮!遥想当年
作画的人百般辛苦
却也会有隐秘的欣慰或欢喜
唇如花瓣的某张面庞,极有可能
就是某位画师的心上之人

各位在墙壁上,绚烂而肃穆
依旧带着纷繁密集的信息
岂止呼之欲出,那种能量
简直就像要把我们吸入到
那画面之中。作为生者,我们
手持相机、手机、自拍杆及各种神器
却形神简陋,各种缺斤短两
面对墙上诸位,倒像是尚未完成

与牦牛相遇

它们突然出现
像土地躬身而起
又像一群穿深色皮衣的古人
沉默着,从现代经过

你不可能像对待一只猫或狗那样
逗弄它,说一些随便亲昵的话
它是大动物,威武、凛然
默契的高原,见过的沧桑
它对于宇宙和万物的心得
让人肃然起敬

原始古老的物种,世世代代
安于承受寒冷、苦难、无边的孤寂
它们也许从未渴望长出翅膀,
因为一直,都活在高的地方

一群牦牛走来,大道如青天,夕阳如血
一群牦牛渐远,"苍茫"这个词本身,开始显灵

邂逅

寺庙、经幡、集市、乡镇
男人、女人、牦牛、马群
一切平缓从容,这才是真正的人间
秋风的手掌,托举着瓜果的芳香

那些磕长头的人们目不斜视
转山,转湖,如此辛苦
可你看他们的眼神,笃定而单纯
不着急,因为信仰,从今世磕到来生

集市上,邂逅一个藏族女人
怀里裹着孩子,身后跟着一条小狗
都是捡来的:弱小、残疾、被世人抛弃
她伸出手来,每个指尖上都是疼惜

她说,菩萨送来的娇贵生命
"好得个很呢!"她两颊如胭脂
唐卡上的白度母,换上藏袍走了下来
两眼是爱,一身藏香气息

她问我们从哪里来
回答哈尔滨、重庆、石家庄……
她摇摇头,说都不知道呢
羞涩地一笑,牙齿雪白,皱纹细密

是啊,除了神灵、山河、劳作和付出
她对许多事可能一无所知
而我们,倒像是见多识广呢
日积月累,跌落在轻飘的知道之中

局限

真是悲哀,被深深吸引的地方
我又一次力不从心
面色苍白,嘴唇乌青
几乎奄奄一息。"你这是高原反应"
我这可怜的、来自低处的人

肉身的尴尬和沉重
本身已形成隐喻或者提醒
天地大美,我却如此不堪

连呼吸都开始困难,如弥留之际

绝美的雪山和湖水
大自然最为幽微神奇的地方
那些魂魄之处,必有玄妙和暗藏的机密
而此刻,这一切正逐渐对我关闭
高原,这个词是泡开的雪菊
颜色渐深,缓慢散发着清冽的凉意

我是过客,即便来过数次
也只能是拾取领悟的碎屑
更为懂得,什么是局限
有些暗示,竟是从晕眩中获得
比如,什么叫作——适可而止

你看,那和牦牛在草地上玩耍的孩子
简直金光闪闪!那是默契的光芒
那个孩子,他张着两臂奔跑
随时都会飞起来,变成云朵或者星宿

远处,一群矫健的小羚羊
听到动静,忽然怔住,蓦然转身
头颅的轮廓,那么优美
停顿一秒,而后,它们似有所悟
继续奔跑,轻盈的身姿
飘逸如幻觉

茶卡盐湖

从雪山到盐湖,霜雪满目
这虚空之地,旷远庄重
就像是世界的一部分底细
尤其此刻,这是恍惚的凡·高画出的夜晚
满天群星,千万朵金黄的雏菊
铺张地开满黛蓝色的天空

空气透明,神圣感冉冉上升
没有任何动静,你却分明感知到
万物都在轻轻地战栗
凉风携带细针,先是掠过肌肤
而后一下一下,遍扎思绪
有种感觉,类似于万念俱灰
同时又心神开阔,如获千钧之力

曾经的大海,抬身变为高原
是谁说了一声:收起
风暴与波澜消隐。水滴成盐
一切,都可以消失
再以另外的形式出现

50年代：五人诗选
The Fifties: An Anthology of Five Poets

巨大的沉寂中，万物守序
岁月轰隆，古往而今来

想起那些圣贤和诗人
其中某位，就曾经生活在此地
他们心事孤绝，才华出尘
许多人一生寂静，与眼前
多么相配。他们把自己渐渐地
从波涛变成盐湖

这样想着，竟恍然觉得
那些从世上消逝的身影
此刻又重返了回来。茶卡盐湖
最后的退守之地。苍茫处
有高人隐身独坐
而那在星光下如纯银闪烁的
正是他们的智慧与命运——
璀璨如盐花，咸涩如泪水